Hidden Army of Labour

隐形生产线

[英] 白晓红 ——著

生活·讀書·新知 三联书店 生活書店 出版有限公司

图书在版编目（CIP）数据

隐形生产线 / (英) 白晓红著 . -- 北京 : 生活书店出版有限公司 , 2015.7
ISBN 978-7-80768-104-5

Ⅰ . ①隐… Ⅱ . ①白… Ⅲ . ①纪实文学—英国—现代 Ⅳ . ① I561.55

中国版本图书馆 CIP 数据核字 (2015) 第 127521 号

图书策划 阚牧野
责任编辑 郝建良
装帧设计 罗 洪
责任印制 常宁强
出版发行 生活书店出版有限公司
（北京市东城区美术馆东街22号）
邮 编 100010
经 销 新华书店
印 刷 北京隆昌伟业印刷有限公司
版 次 2015年7月北京第1版
2015年7月北京第1次印刷
开 本 880毫米×1230毫米 1/32 印张9.125
字 数 160千字
印 数 0,001-8,000册
定 价 32.00元
（印装查询：010-64002717； 邮购查询：010-84010542）

目录

序　言

这本书中的人物和素材，来自两种报道方法：传统的采访和比较非传统的暗访（也就是卧底）报道。由于暗访是比较具争议性的研究方法，我想在这里稍作说明。

最初激发我去考虑做暗访报道的，是在英国发生的两起震惊社会的悲剧：多佛港和莫克姆湾悲剧。这两次悲剧的主角，都是无证的、不具身份的中国移民（也就是大众媒体通称的所谓“非法移民”）。

二〇〇一年的一个普通的工作日，杂志社办公室里的同事们纷纷议论着报上的一则新闻，他们脸上的表情就好像是看了昨晚电视上的家庭肥皂剧那般兴奋。“天啊，真吓人！”一位同事嚼着手上拿的三明治，以十分冷静的口吻表示讶异，而同时忍不住好奇地问：“这是怎么发生的呢？”另一位同事不解地接着问：“他们为什么要来英国？”

我站在那里，好不容易拿到了同事们传递过来的日报，迫不及待地读着头条。顿时，心中涌上一股强烈的悲愤感。在我眼前，是这白纸黑字：

五十八名中国偷渡客在肯特郡多佛港入境的一辆货柜车里被发现窒息身亡。

就如货品一般，他们的尸体卧躺在一箱箱的进口西红柿之间。从比利时的泽布吕赫港，越渡英吉利海峡，六十名中国男女在三十摄氏度以上的暑热中被一路载运到多佛港。离开比利时不久，货柜车上的冷藏装置便被荷籍驾驶员彼得·维克关掉，而他非常清楚货柜车后面藏着六十个人。

两位生还者精神受创极大。通过翻译，他们描述出同行的五十八位中国人，是如何拉响警铃、高声尖叫并拼命敲打紧锁着的货柜车门。他们在为求生而呼喊，正如他们当初离家远走是为追求崭新的生活一般，这并非太高的要求！

那一幕景象从那时起就印在我脑海里挥之不去。并不是因为这五十八位遇难者都是华人，而是因为他们就像任何人一样，是有血有肉、有权被给予机会与希望的人；然而他们的机会与希望皆被国界残酷地剥夺了，因为他们是没有资本的人。

当时，英国政府很快地找到了代罪者。如前内政部部长斯特劳（Jack Straw）于二〇〇〇年六月十九日表示："多佛港发现窒息死亡的五十八名非法移民，应能对欲将自身命运交到人贩子手上的那些偷渡者提供一个严重的警惕。"

将此悲剧当作一项安全议题来看待，对于当时的新工党政府而言，是个很安全的应对方式。所谓人贩子——蛇头——被视为唯一的行恶者。整件悲剧在英国媒体的呈现下，几乎成了华人对华人施行的又一次罪行；也就是说，英国政府的移民政策无须负任何责任。

这五十八位中国人，每个人都拿出了他们一生的积蓄，加上向亲友的借贷，凑足了大约一万六千英镑，才能让蛇头安排他们辗转来到英国。他们多数冒着生命危险，穿越欧亚大陆，路途曲折。他们经常需经水陆各种途径，路上必须更换护照和身份。他们都明白可能付出的代价，也知道远行身负的重担，但仍选择了踏上这条路。

多佛港悲剧导致九十三位父母亲失去了儿女，三十四名男女失去了伴侣，六十八个孩子失去了父亲或母亲。

而英国社会对多佛港悲剧的反应，就像当时杂志社办公室里同事的反应一样：漠然的震惊。社会对移民群体的缺乏认识和无知，反映在大众和媒体对多佛港悲剧的充满偏见的分析上。而所谓英国的"华人社区"（一个虚构的概念）展现的，只有强烈的精英主义和阶级歧视。那些不代表劳工阶级的"华人社区"组织和领导们，纷纷与多佛港悲剧划清界限，好像五十八名中国人的死亡是工人和农民的死亡，与己无关。

我自此时开始探究中国移民劳工的背景和他们在英的生

活。在接下来几年中，我走访了移民劳工的许多工作场所，从加工厂、电子厂到成衣厂、农场等。我发现，移民劳工的生活世界，是英国社会一个不为人知的最底层的世界。这个地下世界供应着主流英国的每日所需，是一个庞大的、隐形的生产线。在这里，在主流英国已经成为历史的“血汗工厂时代”仍旧存在。二十一世纪的今天，英国的许多工业部门仍然多依赖血汗工厂——也就是依赖移民劳工——的运作。

在这个地下世界里，劳工没有身份，没有权利，没有声音。他们多从事本地工人不愿从事的行业：低薪、危险性较高、无前景的工作。他们的薪资标准是本地工人的一半到三分之二。同时，他们的基本人身安全完全不受保障。他们的伤亡率比本地工人要高。虽然国立健康安全局（Health and Safety Executive）在理论上表示，所有劳工，不论国籍和身份，都受到健康安全法规的保护，但事实上，无证移民劳工的死亡，经常是没有记录的。

首先，我发现了一位中国劳工张国华的不幸过劳死，它竟是一个秘密——不仅是英国社会的秘密，也是“华人社区”的秘密。循着张国华的足迹，我开始探索这剥削的锁链。

在张国华之死尚未得到社会的响应，而且多佛港遇难者家属尚未得到任何赔偿之前，又一个震惊英国的悲剧发生了。在莫克姆湾，二十三名在海上拾贝的中国劳工因工头罔顾涨潮时间，而溺毙海上。对英国社会大众来说，莫克姆悲剧造成的冲击更直接、更剧烈。二十三名为人父母的中国移民，他们为来英负债累累，在英国的土地上从事廉价劳动，以他们的血汗试图改善生活。他们无法享有任何基本权利，健康安全完全不受保障，在劳动中失去了宝贵生命。而他们一分赔偿也没有得到。英国国家工业伤亡赔偿局表示："这些劳工是非法移民，因此国家对他们没有责任，无法赔偿。"

今日，全球化的论述已成为最热门的市场语言，全球资本不需人类的面孔，即可在一触指尖之际周游世界。跨国企业之间金融的流通，从不需受制于国界的管制。然而，全球化仅仅带来了资本的自由，人民，上千万寻求生存、寻求庇护的劳工，也就是没有资本的人，却从未能拥有这种行动的自由，也从未被给予机会去改变他们的生活。没有资本的人，甚或连仅仅存活的机会都未被给予。

莫克姆湾悲剧提出了许许多多尚未被回答的问题。遗憾的是，英国媒体仍将疑问的重点放在人贩子和偷渡犯罪组织上。"华人社区"仍多抱持漠然态度。此时，我更进一步想了解移民劳工二等社会地位的制度性。我在此时走访了各行各业包括餐饮业和建筑业的许多中国劳工。他们之中，许多餐饮业的劳工正因移民管制的紧缩，而被迫进入街头买卖行业以及更为地下的性产业。

此时，我仍仅是一位观察者，采访时，总是以记者身份被介绍。在被采访人的眼中，我是在做一项工作，有一份任务，而他们在尽力地配合我。作为观察者，我是“外人”。采访总在预定的时间，尽可能理想的地点进行。时间到了，我与被采访者之间的关系就结束了，直到（如果有可能）下回再次进行采访。我发觉，当你站在一个客观的观察者的位置时，距离可能造成你失去真实性。

一次，在采访期间，一位在餐馆厨房打工的中国人这么问我：“你自己如果不曾亲身体验过，怎么能真正了解这种生活是怎么过的？”

那是我头一次想到暗访的可能。我认识到，我必须循着移民劳工的足迹，走他们踏过的在英寻职路途。我知道，我必须站在他们的社会位置上，才能了解他们的社会关系和认同，他们真正的处境。我必须成为一名移民劳工，来深入了解这种生活是怎么过的。在两个月的准备后，我开始尝试这个对我来说是全新的方法。我询问编辑的意见，也走访了伦敦中国城的中介公司，并向正在打工的几位中国移民寻求证件方面的建议。最后，我从伦敦一名中国建筑工人那里取得了一份 IS96 档，也就是移民局过去发给特定政治庇护申请者的临时工作许可证（自二〇〇二年，政治庇护申请者已无权在英工作）。这份文件属于一位二〇〇一年入境，名为陈敏的中国人。他/她（性别无记载）的文件，已被许多中介人复印无数次，以每张五十镑的价钱卖给无数的移民劳工。这名建筑工人告诉我，这张纸（俗称难民纸）在许多高度依赖移民劳工的行业里都能使用。

接下来，通过伦敦的一名中国人，我取得了诺福克郡塞特福德城的一名工头林先生的电话。这名华人告诉我，同郡的金斯利镇有一位同姓的工头，我只要说是他推荐的，塞特福德城的林先生便不会有所怀疑。拿起了话筒，我开始了与林先生的首次交谈。“我是金斯利镇的林先生介绍的，”我自我介绍说，“我来自中国河北省，学生签证已过期，现在急着找工作。”“我们这里有工，供住宿。”他十分自信地说。

林先生约我在伦敦维多利亚巴士车站与他会面，一同前往塞特福德。这就开始了我的暗访之路。在塞特福德的肉类加工厂之后，我也去了英格兰中部的葱场和书厂做了暗访，然后到伦敦中国餐馆冒充推车服务员，做了一周的暗访，之后去了北伦敦当家庭保姆，最后到了北部、中部和伦敦的数家按摩院，冒充保姆七周，暗访性产业。

每次暗访工作结束、卸下我的伪身份后，我会告知曾与我同住、并肩工作的中国移民我的真实身份以及暗访的目的。已成为朋友的他们，自然反应强烈。多数人虽讶异，但表示认同暗访的目的，并主动与我保持联系，因此，我们之间能建立长久的友谊。特别是离开塞特福德后，一位同房相处多日的中国天津人特别热心地提供消息，并经常提醒我要注意安全。我也在他的工作上尽量提供帮助，后来他到伦敦工地打工期间，我曾为他向工地老板讨回工资。

不过，暗访作为新闻调查的一种方式，不能不考虑它在道德上的正当性。毕竟，暗访是以使用伪身份为主，以伪身份进行交流，当然是一种欺骗。这种层次上的欺骗，应只能在正当的最终目的下进行。暗访报道的最终目的，应是揭发社会弊端，以有助于公众利益。就如德国著名的调查记者刚特·瓦尔拉夫（Gunter Wallraff）所说："我要以欺骗的手段，来揭发社会的欺骗。"

不仅是道德正当性的问题，暗访工作也牵涉到如何平衡客观目标与主观投入的问题。最近的一次暗访，让我特别体验到调适自己的必要。在性产业里伪装成一名无证无身份的、来自中国浙江省的保姆"小云"，与移民性工作者日夜相处，在感情上的投入自然特别多。当自己扮成为单亲妈妈小云，为子女出国打工，同时面对最弱势的女性移民劳工，眼见她们在性产业里的拼搏，自然地会付出感情，就像真正一位同事和友人一样，内化了周遭的一切，成为她们的一员。此时，我不再是位观察者，而已成为参与者。

同时，在性产业环境中，人身安全的危险性要比其他行业高。暗访期间，我经常受到业主的压力，要求"帮忙接客"，拒绝这种要求致使我成为老板的欺压对象。这种每日的煎熬，每分钟对自己情绪的压抑，造成我在暗访期间精神消沉；但我未能去面对自己情绪上的改变，在工作日记里，仍习惯去记录性工作者的劳动生活和周围的点点滴滴，而未能记录下自己的情感。

由于未能得到适当的舒解，情绪更加低落，特别是到了第三周，感觉自己难以克制情绪低潮，需要个人的空间，来逃避业主的精神虐待和工作场所里压迫的气息。经常，我锁上浴室的门，好让自己有喘息的机会。而老板总会在五分钟之内用力敲门，喊我出来，要求我回到工作岗位。

此时，我发觉我成了“小云”。当然，因为我戴上了小云的身份，被当作“小云”来对待，一位非法移民，没有资本，没有选择行业的余地。我深深体会到制度施加在“小云”身上的一切。我承受“小云”的痛苦，而且已无法将自己和“小云”分开。

尽管如此，我知道在最后一刻，也就是我走出这工作场所的那一刻，我可以永不回头地离开，离开“小云”。“小云”不像我这么幸运，正如德国调查记者刚特·瓦尔拉夫暗访期间使用的伪身份“阿力”。来自土耳其的移民劳工阿力就不像刚特·瓦尔拉夫那么幸运，他无法逃脱他作为“二等人”的命运，必须在那地下世界拼搏下去。在阿力身上，刚特·瓦尔拉夫看到了德国社会根深蒂固的种族主义，它的虚伪和统治阶级意识的残酷。他说，他看到了民主制度之中的种族隔离。而在“小云”身上，我见到了成千上万名移民劳工的奋斗和牺牲，也见到了这个制度里默许的、被剥夺了尊严的次等人的存在。

第一章 死城 ——哈特尔浦

车窗外飘着阴冷细雨，一栋栋维多利亚时代的红砖民房上的烟囱吐着灰烟，漫布在毫无生气的伦敦天空。那灰白相间的云层，好像缓缓下沉似地压迫人心。已经两天找不到说话对象的李然，感觉格外沉重。自前天抵达英国后，唯一对他开口说了话的是来接机的一名中国人。那也不过是简简单单的一句：“咱们这儿照规矩，接机是收费两百镑。”

来自天津的李然，自知是见过世面的人，人情冷暖什么都尝过。倚着车窗，他默念着，激励自己：“出来，就是要受点磨炼。”他耸耸肩，大丈夫，难道还怕寂寞？再望窗外，却又不禁叹了口气。

这趟路，倒是让他忆起在国内那段每年三百六十五天不断重复的日子。李然过去是一名铁路服务员，是跑天津到广州那条线的。每回一上了车，就得两天后才能回家。卖命地干活，但多少年来也没见工资涨过。一千多块人民币的月薪是饿不死人，但日子过得战战兢兢。家里年迈的父亲身体欠佳，李然连医疗费用都难以负担。二十八岁了，却一无所有，自己感觉真不像个男子汉。

他那时最爱说的一句话就是："咱是个好老百姓。"好老百姓日复一日地守本分，但心里是日复一日地不满现状。他常问自己：为什么不满现状，却要守本分呢？守本分不能带来什么前途，就连成家都没本儿。年轻的李然有一天突然觉悟了：他非要改变自己的命运不可。

在铁路工作期间，李然和同事们总会探讨以后的出路。有些同事谈到合伙做点小生意，但李然没有资金，觉得自己没本钱做生意。"在现在的中国，没本钱，哪里能做生意？"一位同事这么说。但李然此时在盘算的，是比较长远的改变。他梦想着有一天能有自己的事业。

一天，午休期间，大伙坐在餐厅里用餐。同事老王嚼着馒头，吃着酸菜，又叹道："唉，这工作我是干不下去了，你们看，物价一直在涨，咱们工资就是涨不上去！这样下去日子还怎么过？"

大伙也都摇头叹息。李然此时已累得一句话也不想说，只是低头嚼着馒头。他心想，这车上连伙食都不行，还谈什么加薪？他又想，自己是这条线上最年轻的工作人员，看看同事，都是四五十岁的老职员了。他们有家要养，再怎么样也得撑下去。自己呢？有什么好理由忍受这般待遇呢？想着想着，又是满腹的不服。

"你们有没有想过，"老王出乎大伙意料地说出了他的想法，“出国挣钱？”

“出国？”李然抬起了头，这还是他第一回听到这个说法，“有可能吗？”

“怎么没有可能？”老王答道，“天津的出国中介有的是，我就知道两家。”

“你怎么知道的？”李然问。

“出国中介又不是什么秘密，怎么不知道？我儿子的一个朋友半年前去了英国，就是在天津市找的中介。他知道的中介有十几家。他说其中有两家名声比较好的，不是每家中介都是正规的。”

“中介给弄出国要多少钱啊？”李然越听越有劲儿。

“我儿子的那个朋友花了七万块办的，”老王答道，“是一大笔钱，但听他说，到了英国很快就能把钱挣回来，那里工作一点不难找，挣的可是英镑啊！”

老王见李然不答话，若有所思，又接着说：“我儿子那朋友在英国一个月就能挣到六百镑，那是将近七千块钱啊！比咱们半年的工资还多啊！你想想看，借钱办个手续，值不值得？”

李然点头同意，心中已开始盘算着要怎么借到这笔钱。同事郭子凑上来说：“不过，我听说，去德国的手续费低一些，而且那里工作满街都是。我看，去德国可能挣钱挣得更快些。”

另一位同事也凑上来说：“去挣德国佬的钱！我早想出去捞一笔了！听说现在去欧洲要比去美国容易。”

“为啥？”老王问。

“美国那边现在管得紧，不好去，费用就高，所以跑欧洲的自然就多了。听说办个商务考察签证啥的容易得很。”

“商务签证，这我也知道，”老王接着说，“我说的天津中介就是办六个月的商务签证。我儿子那朋友也就是办这种签证，到英国过了六个月，别吭声，慢慢就‘黑’下来了。”

“去德国比较容易，”郭子说，“听说办短期的工作签证不难。”

“要不咱们一块走？”好一会儿不作声的李然突然提议，道出了大家满腔的冲动情绪。

“好！”老王应和着，大伙也都开心地叫好。

在这番热烈讨论的两天后，真正下了决心要出国的，是李然、老王和郭子。一天，他们三人相约，到天津市一家中介那办理赴德国的手续。就像孩子等待远足一样，他们开始计划未来：到了德国，找份差事，或者在中国餐馆打工，或者在工厂，挣他个两年的马克再回国。李然突然觉得，头顶上的天空不再那样灰暗了。他想，或许晴天就要到来了。

谁知三周后，中介公司通知李然，他们三人之中只有他拿到了签证。究竟是什么原因，中介公司也说不出个所以然。

正当李然回想着在德国的种种，走过身旁的铁路服务员用英语把他喊醒，将他拉回了伦敦：“请您出示车票。”李然在国内上专科学校时，虽曾学过几句英语，但教室英语到了现实生活中竟是一点也派不上用场。不过，从服务员的肢体语言来判断，估计是要验票。他从口袋里掏出车票，双手递给服务员，使劲地说：“Thank you，thank you！”

此时，李然正要去天津老乡介绍的一家豆腐厂应聘，在伦敦北边市郊。如果面试顺利，这将是他在英国的第一份工作。听老乡说，那豆腐厂是一个河北人开的，他雇用了二十多名中国人在那儿干活。厂子每天供应的是伦敦市里唐人街上大大小小的餐馆和超市。老乡说，唐人街是伦敦很重要的一个景点，每天都有上千名观光客和伦敦市民到那儿用餐。唐人街就是靠伦敦市郊的许多食品加工厂来维持的，所以这豆腐厂的河北老板做的是稳赚不赔的生意。老乡又告诉他，在厂里，每个钟点是三镑钱。

李然心里正盘算着他在豆腐厂里一个月能挣到多少，突然听到前头有人在说普通话。他惊讶地站起身来一瞧，看到前座坐着一位皮肤黑黝黝的中年中国男子。那男子身前站着一名本地人，棕发碧眼，看来不过二十岁上下，却一脸霸气。

“给我一根烟！”那英国人伸出手，以命令式的口吻对中年男子说。

那位中国人听不懂英语，不知所措地往后看着李然，问：“他要啥啊？”

"有没有烟？拿出来！"那英国人又喊。从他的脸色判断，他似乎在威胁着什么。在这紧要关头，李然仍没能听懂对方说的话。

"你要啥？"李然走上前，不客气地问他。

"不关你的事！走开！"那英国人向李然做了一个猥亵的手势，示意叫他离开。

"他到底要啥啊？"那中年中国男子见情势恶化，十分紧张。

"老兄您别担心，有我在！"李然对他说。那英国人的蛮横态度让他想起了数年前在德国的经历。当时，他拿到工作证后，成为铁路员工团队里第一位跑欧洲的移民先锋。到了德国，他找到了一份中国餐馆工作，胜任自如，很受老板看重。本以为安分守己，关着门劳动，必能有所成就，必能得到基本尊重。谁知有一天走在大街上，被一名德国种族主义分子从车窗内喷了一口唾沫，还当街被辱骂"中国人滚蛋"。李然虽不谙德语，还听得懂这句话。

"你现在给我滚蛋！"李然以同样的手势，示意那英国人离开。他同时卷起袖子，而那英国人也不示弱，在李然面前挥起拳头。

"别打起来啊！"中年中国男子焦急地劝架，"咱可别在人家国家惹事啊！"

"这混蛋就是看我们是外国人才欺负人，这种事我早见过了！”李然越说越激动，“不教训教训他，我今天就不痛快！”

说着，他上前揪起那英国人的左耳不放。那人一拳回敬李然，但他不知道，李然幼时跟父亲学过几招武术，拳头的力气大得很。“找死！”李然朝那英人的脸挥去，打得他倒地叫疼。

“行了，行了，咱们快走！不然待会儿警察就来了！”那中国男子紧张得直冒冷汗。李然拎了包，就领着他离开，跑到前一节车厢里。

“你别怕！咱们刚才那车厢里的其他乘客坐得远，没人愿意管。那混蛋没有人证的。活该！”李然仍愤愤地说。

“真亏了你！要不是有你在，我还真不知怎么对付这英国人呢！”中年男子感激地向李然道谢，“贵姓啊？”

“姓李，叫李然。”

“叫我国华就可以，家在黑龙江，黑土地来的！真是我的运气好碰上了你，你是我的贵人啊！”

“别客气了！国华，是来打工的吧？”李然说，“我刚到英国两天，正要去一家豆腐厂干活呢。”

“啊！我也才刚到呢！”他乡遇见打工同胞，国华特别兴奋，雀跃之情溢于言表。“还没找到工作哩。我一个黑龙江的老乡叫我去找他，去投靠他。他说会尽快请个假，带我到承包公司那儿登记工作去。”

“你在老家是做啥工作的？”李然问，但猜想他是从村里来的。他脸上皮肤晒得粗糙，一看就知道是做过农活的。

“咱是农民，”国华说，“唉，不是一句两句的事情。咱在家乡，分的土地少，一家四口人，光干农活哪里养得起。儿子从小有病，叫那个‘学习障碍’，也不知道咋办。咱们忙着农活，哪里有时间治去。”

李然听着，看着他谦卑地低头说话的样子，不禁心生同情。

国华又说：“孩儿他妈要贴补家用，每天在村里的塑料厂干活，一个月也就挣两百多块。太辛苦了！我是个没用的男人！三十九岁了，连家都养不起啊……”

“别这么说，大家生活都不容易。这也不是咱个人能做得了主的。”

“我心里对不起他妈，又不知道怎么办。我想了很久，只有想办法挣多点钱，让家里过点好日子。但是没有机会啊！”

李然听着，没说话，心里为他难过。国华叹了口气，又说：“咱村里都是种地的，哪里找得到机会？好几年前，好多人就开始到外面去打工，他们都往北边走，走到快到俄罗斯了。很多我们村的都到满洲里去打工，干零活。听他们说，满洲里那边暖和，住着舒服。而且，因为那是边境，就快出国了，政府在那的建设上投资了不少。咱村民说，那里工作机会多，什么活儿都有，他们一到了那儿，都很快就找到活了，那种力气活，一天能挣到五六十块钱。咱村里面比较有办法的那些人，能够借到钱的，胆子更大，他们直接进到俄罗斯，像以前开荒一样。他们在西伯利亚那些城镇卖木头，卖衣服，造房子，啥都做。咱中国人有力气，肯干活又便宜，他们就是喜欢这样的人，所以大伙一批批地都去了俄罗斯，而且每年离开的村民越来越多啊。咱都看傻眼了！也有不少人在老外的地方种地，就是西伯利亚周围那些乡下的地方。不过，听咱村里人说，在西伯利亚种田可不容易，农场主把中国人当作奴隶一样，一年劳动没有休假，更不能离开农场，好像被卖身给农场主一样。而且，在那儿干农活还要受到警察的欺压。他们经常来突检，查到没证件或证件过期的，就会马上罚款，罚款差不多是一人半年的工资啊！”

“这么苦，他们干什么还往俄罗斯跑啊？”李然问。

“唉，咱刚开始也很不理解，他们为啥要到国外去遭这种罪呢？种田干吗不能在家种呢？后来，那些回来的村民说，在西伯利亚，虽然干农活很苦，但那比自己村里农活收入翻了六倍多！这才是他们老外的一半呢！你想想，再怎么苦，是不是也比待在自己村里要强得多？”

想象这些农民的辛苦，李然感慨地点点头。国华又说：“咱眼见越来越多的村民一个个都出国打工去了，特别是近几年，日子更不好过了！书记说，是因为中国加入了什么 WTO 的会，外国的菜也能卖到中国来。你们城里人可能不知道吧，咱们东北的农村受好大影响。村民都清楚得很，我们辛辛苦苦种的粮食卖不过外国进来的那些洋粮食，尤其是美国的，那么多，人家又愿意买，谁还收咱们的菜？咱村民的收入都从那个时候不停地往下掉。”中国加入 WTO 对于以种地为生的农民到底能产生多大影响，国华并不清楚，但他清楚地知道村子里每家每户的收入都在减少，养家糊口越来越难了。村里少数比较有野心的农民，觉得去俄罗斯挣的钱不够，就开始想办法借钱，到城里找中介公司办去韩国的手续。然而，中国人能拿到正式工作签证的很少，村民到韩国打工，也只能用签证逾期不归的方式。听国华说，村民们在韩国，工作好找，但也好丢，因为抓黑工抓得可紧了。

李然不作声，想起自己在国内的挣扎，想起当铁路服务员的日子。国华苦笑，继续说道：“咱村里真下定决心改变自己命运的，就选择来英国。咱当时也受到了村里人的鼓励，说应该去英国挣英镑！最后，咱下了决心，要做村里的少数，要为家里人到外国好好闯一闯！在乡亲的帮助下，好不容易借到了足够的九万块手续费，才能来英国讨生活。一个月后，咱真拿到了六个月的商务签证。”

“是啊，我也记得当时大伙都羡慕我，说我要到英国这个老牌资本主义国家谋生了。我记得自己那时多么兴奋。”李然答应着，一边想起离家的那天，父亲在门口目送他走。

“真的要远行了，但咱不知怎么开始！”国华忆起，“心里慌得很，英国的打工路途要怎么走，是一点把握也没有。

对英国，咱一无所知。最多仅能靠几位乡亲帮帮忙，提供消息。出国的前几天，咱每想到自己眼前这份艰难的任务，就心跳加速，连饭也吃不下。但在老婆面前，却一再地说：‘没问题的，英镑好挣，过一阵子就回来了。’”

说着，国华眼里含着泪水。“老婆替咱准备好了行李。一个提箱，就这样离开了这辈子没有离开过的家！咱身上带着的，仅仅是两百镑，藏在提箱里的一件毛衣里。咱对英镑毫无概念，不知这两百镑钱能够维持多久的生活。听英国的乡亲说，这可以保证两三个月食宿不成问题。咱口袋里还带了一个三星的手机。碰巧，听乡亲们说，到了英国，可以去三星工厂干活。村里很多人都把三星看作不得了的公司，羡慕得很，咱要是能在那儿找到一份活，那就太幸运了。”

国华又说：“离家那天，可没掉泪。咱告诉老婆，可别哭！咱不习惯哭哭啼啼的道别场面。”

那天，公交车在村民们的挥别下缓缓驶离村子。国华妻子怕他见到，是一滴眼泪也不敢掉。但国华哪里知道，当车子远离了村，她就一个人跑进屋里，好好地大哭了一场。她心里明白，国华这一走，要几年才回得来。村里那些出了国的，都是这样。他们的孩子都好几年见不着父母，就像没爹没娘的孤儿。她不愿那样，她的孩子得有妈妈在身边，更何况，不能把这责任丢给年迈的老母亲。

“咱是没掉泪，”国华说，“但一上了飞机，就一直不停地掉眼泪！这是咱第一回走这么远的路，第一回这么思念自己的家。”国华从来没想到，自己会感受到这般强烈的失落。离别妻儿，离别家乡，好像生命力的泉源被切断一样，无所适从。怎么会这样？他自己也不理解自己的感受。他想着妻子挥别时满脸坚强的神情，又不禁掉泪。她是多么坚强的女人，而自己是多么懦弱啊！他拭去泪水，告诉自己要挺起胸膛，担起养家的责任！

“望着窗外白云，咱脑子里想着，到了伦敦，应该怎么怎么过新的生活，好好挣点钱。那时，突然觉得胸口郁闷，感觉什么都太不踏实！在国内，去一趟北京都是件大事。怎么现在糊里糊涂地就要去英国了？是不是走错了这一步？但村里一位老乡曾跟我说过，不用担心。他说，英国到处都是东北人，咱们已自成了社区。到了英国，会有东北人来接机，而且会带领咱去承包公司那里登记上班。‘一切都 OK’，那位老乡这么说。”

就这样，国华踏上了“米字国”的土地。“确实有个东北人来接机，但那人收了费后，就一句话不说地走在前头，让咱自个儿拖着行李，跟在他后头走。他拼命地往前走，像在赶路一样，头也不回。我问他是不是东北来的啊，他摇摇头，不应声。咱心里纳闷：‘难道咱话太多了？这年轻人一点礼貌也没有。唉！’”

其实国华不知，那人是沈阳市人，在他眼里，国华是个农民，他打心里看不起他，懒得跟他说话。

“那接机人以最快的速度把咱带上了伦敦地铁。这小伙子可能在赶时间吧，上地铁时也不帮忙拉一下行李。唉，现在中国年轻人不如从前啊！上了地铁，咱忍不住东张西望，这是这辈子第一回乘坐地铁啊。在里面，咱可见到了英国城里人的面貌：没有一点笑容的绅士淑女们！咱可看傻了眼！”

“是啊，那些伦敦人，精神特别紧张。”李然也想起他在伦敦地铁上的所见，“他们每当不小心接触到彼此目光时，都会闪躲回避，好像不敢正视对方一样。”

“唉，那时在地铁上，咱不知怎么地突然觉得有种说不上来的很不舒服的感觉，胸口又郁闷起来。”

那沈阳接机人把国华带到了伦敦东边快到底站的一个小镇。一出站，国华更傻眼了，这哪里像是伦敦啊？满街矮房，巷道窄小脏乱。后来听人说，那是属于伦敦最穷的一个地区，叫纽汉区（Newham），那里地方政府预算有限，公共设施缺乏。地区穷，租房也便宜，因此许多移民聚居在此。那沈阳接机人领他到一栋挤满了中国人的公寓里待了一晚。这地区住房的拥挤面貌让国华想起了多年前去过的沈阳市，这跟那里农民工的住房没什么两样。国华心想，在英国这先进国家，住房条件真都是这样吗？他没敢问那位沈阳接机人，因为他连个床位都没替国华准备。在那人眼里，“农民”就习惯睡地铺。

“就这样，抵达英国的头一个晚上，咱只能倚在自己的行李箱上睡了一宿。我心想，在家虽从没好日子过，也不曾这样委屈过。现在连一条被子也没有，打着哆嗦，睡不着觉。”

“他带你去找工了吗？”李然问。

“唉，甭提了！第二天起床后，就没见到那位接机人的影子！本来说好的，接机费包括这项服务的，说会带我去三星承包公司那儿。我左等右盼，最后只好拨电话找咱黑龙江的老乡求助，请他领我去找三星承包公司。但人家自己有活要干，咱还得等他向老板请假呢。也不知道什么时候能请到假。唉！”

“不然，老兄，你跟我一块去豆腐厂试试吧？”李然见国华这么无助，很想帮他。“那个厂子现在在招工呢。这样你就不用等工了。”

“是吗？是真的吗？”国华听了眼亮了起来，充满感激，忍不住握住李然的双手，“那就麻烦你了！咱不知怎么谢你才好啊！咱这就跟你走了！”

此时，上班的人潮刚涌进了站，八点整。李然起身让座给一位年纪较大的妇女。才站起来，他就不自觉地被那些上了车的男男女女围在车门前。他向仍坐在后面的国华喊着：“老兄您注意一下，快到站了。”

国华没听清楚，只是双眼盯着李然，要跟着他走。一到站，李然向国华招手示意叫他下车。“让我过一下。”国华对身旁的男男女女说。没人听懂，也没人理会他。

车就要离站了，李然在车门外喊着国华："老兄你快点！车要开了！"国华慌张地要往外挤，好不容易一位女士让了路。而此时车门自动合上，不管李然在外面怎么喊，国华在里面怎么叫。

"咱连你电话都没有啊！"国华急得哭了起来，"要上哪儿找你啊！"没想到他乡遇见这么见义勇为、拔刀相助的同胞，竟就这样断送了相识的机会。国华气自己的不小心，一劲儿地责骂自己："不争气！连跟人都跟丢了！"

站在车门外的李然，一时不知如何是好。心想，这位善良纯朴、急需帮助的同胞，现在该怎么办？他等得到工吗？

而李然不知，自己的求职路途也不是那么顺畅。才出了站，天津老乡就来电话了。"李兄，我实在抱歉啊！"老乡说，"我们老板刚来了几位乡亲，他说要雇用自己乡亲，所以暂时就没空缺了。实在抱歉啊！他刚才来告诉我，抱歉没能早点儿通知你啊！"

"你这样让我怎么办？我人都下了车了！"

"李兄，实在抱歉！老板决定的事，我也插不上嘴啊！不然这样，我认识三星的供应厂用的那个承包商，昨天才听说他们那儿正在招工呢。我现在就推荐你给那承包商！"

"那儿是干什么样的活？"

"就是组合电器配件，简单得很！我们很多天津老乡都正往那儿跑呢。”

与此同时，国华在车里，擦干了眼泪，叹了口气，无可奈何地从口袋里拿出他的三星手机，心想，还是去黑龙江老乡那儿吧。

他那位老乡还尽人情，见国华心急，想办法请了两个小时的假，把国华领到了车站，满脸歉意地对他说：“实在抱歉，我不能多请假，这儿中国餐馆老板不会通融的！我把承包公司的地址和车站所在，都写在这张纸条上，清清楚楚。你从这站出发，到了终点站时下车，那承包公司就在车站外头大街上，应该很容易找到的。你快去吧！一切小心，多保重啊！”

这个承包公司的车站所在地，也就是这条线的终点站，是一个从未听闻过的，名为“新莫顿”（New Malden）的小城镇。老乡还特别在纸条上用拼音和汉字为国华说明得清清楚楚。

上了地铁，四十分钟后到了站，国华东张西望，看着手里的纸条，再看看冷清清的站台，心里担心老乡是不是写错了？这地方是不是还在伦敦内？他后来才慢慢发现，原来伦敦这个大都会，是由好多好多像这样不起眼的小城镇组成的。国华反复念着手里那张已揉皱的纸条，上面确确实实地写着“New Malden”二字，和前方的站名一模一样。他想起老乡交代的话：“到了新莫顿，就下车，出站。”肯定没错了。他这才大胆地向前走，出了站。

新莫顿在国华眼里像是个小村镇，几无人烟，连民房也看不到几栋。不远处，仅见一座风格独特的建筑，外头墙上五颜六色，上方挂着牌子，牌子上看似百年前英国某国王的人头画像。国华纳闷，这究竟是什么地方？上前一看，楼里一个人也没有。后来国华才知道，这是一家典型的英国酒吧，中午才开始营业。

国华依照老乡的指示，沿着主街找承包公司。他探头往一家家的商店里看。纸条上写的，是承包公司的名称，中文叫“远东劳动力发展公司”。老乡曾告诉他，来到英国的每位中国人都听闻过这家承包公司。它不仅为许多电子制造厂提供廉价外籍劳动力，也为许多伦敦的装修公司及苏格兰的海鲜食品加工厂提供劳动力。它与三星电子制造公司已有五年以上的合作关系。老乡交代说，公司的英文名称是“林氏有限公司”，“林”的拼法是“LIN”，很好找。国华这就核对街上每一家商号名称，但找不着“LIN”。他这时只好硬着头皮，拦下一位路人。他指着手上的纸条，一个字也说不出来，而那位路人见了纸条上的公司名称，立刻明白了他的意思：“就在那儿，就在前面。”

国华给这路人行了个九十度的鞠躬礼。他松了口气，整整自己的白衬衫，往前方的承包公司走去。公司的外头是黑色玻璃，看不见里面的办公室。国华紧张地按了门铃。一位穿着时髦、看似华裔的年轻女子出来开门，她的打扮一看就知道是城市来的。

“你什么事？”她以普通话问国华，同时从头到脚地打量着他，眼神里似乎流露出一种城市人才有的自信和骄傲。国华好奇地盯着她看。

“找谁啊？”她似乎有些不耐烦了。她听起来像是东北人，但又带着某种口音。

“啊……我来找工作的，”国华吞吞吐吐地说，“我是黑龙江来的。”

“进来吧，”这位女子带领国华进入办公室，“你在会客室坐一下，我叫经理出来。”

二十分钟后，公司经理——大家喊他林老板——终于出现。国华立即站起来，弯腰鞠躬地说：“林老板好！林老板好！”

林老板见着国华，点了点头，但没和他握手。他开门见山地问：“你今年多大啊？你身体状况怎么样？”

国华还没来得及回答，林老板又问：“有没有什么疾病？有心脏病没有？”

这一听国华才明白，老板是想了解他是否有体力干活，是否能干得了苦工。在国内，老板都是这么对农民工说话的。

“我今年三十九，身体好得很！什么疾病也没有，”国华爽朗地回答，“什么活都愿意干！咱有的就是体力！”

林老板打量着国华，心想：他必定是个任劳任怨的农民。这好，工厂就要这种人。“行！你就去三星的厂干活吧！”

国华听了特别高兴，眼里充满感激，忍不住上前握住林老板的手：“谢谢林老板！谢谢林老板！我一定好好干！”

“注册费是一百镑，工作证是五十镑，”林老板面无表情地说，“还有，每个月的食宿费是一百五十镑。”

“啊，这样！”国华一下子愣住了，乡亲们大概忘了告诉他有这么大的一笔费用。他身上仅有两百镑。

“注册费你现在交，工作证也得现在买，食宿费等到了厂里再交。”林老板说。

国华松了口气，连忙答应：“那当然！那当然！”他这就掏出了身上的两百镑，一张张地数着，然后数出了一百五十镑，双手塞在林老板手里。

“那你明天就上路吧，”林老板说，“秘书会告诉你怎么去哈特尔浦。到了那儿，有一位姓韩的管工会去接你。”

“哈特尔浦？哈特尔浦，”国华念着，“厂子在哈特尔浦？”

“对，哈特尔浦，在北方。”林老板看着表回答他，同时把那一百五十镑塞回国华手里。“我有事，先走了。你去秘书那里缴费，我不送了。”

国华鞠躬目送林老板回到办公室，然后将手上一百五十镑的钞票交给了秘书小姐。就这样，与上千名正在进入英国的中国移民一样，国华加入了“远东劳动力发展公司”的劳动力行列。此时，在英国大约已有七八万名中国移民劳工。全英无证移民劳工人口约在七十万到一百万人之间。据独立公共政策研究（IPPR）报告显示，无证移民劳工每年对英国经济的贡献高达十亿英镑。

此时，同样来新莫顿找到了承包公司的李然，在第二天清晨，也同样按照着林老板秘书的指示，从伦敦维多利亚车站踏上了这趟寻职的旅程。

哈—特—尔—浦，他念着这个象征着未来的名字。未来的一切，都是未知数。而他将生命机运完完全全地，没有一丝犹疑地，放在这个承包公司的手里。哈特尔浦，那是个什么样的地方？李然连伦敦都还没来得及看个清楚。车窗外景致不断地变化，越往北走，平坦的田园逐渐被小山丘取代，接着，小山丘膨胀起来，成了峻美的山脉。那是横贯英国北方，将东北和西北部切成两半的本尼维斯山脉（Ben Nevis）。此时，土地似乎也苍黄了起来。就连天空好像也变了色，变得灰暗。像个孩子似的，李然目不转睛地凝视这一切。

四个多小时后，哈特尔浦到了。一出火车站，这个北方城市就像一座鬼城似地竖立在他跟前，没有人影，也没有声音。它的死寂像一幅静止的画面，让人不自觉地失去了方向感。到底来到了什么鬼地方？李然纳闷。前方是条看似无尽头的大道，路旁仅能见到废弃无人的加油站。他突然感到毛骨悚然。

几个钟头后，国华也抵达了哈特尔浦。在火车站门口十分钟的等待，好像一个钟头那么久。他左顾右盼，好不容易，林老板说的那位韩姓管工来了。他人高马大，自我介绍说他是韩国人。国华竖起大拇指跟他道谢，心想，在这个看似无边际的北方城镇，他自己真不可能认路！

接着，他紧跟着韩管工上了公交车。坐了下来，想和韩管工聊几句。刚才脑子里想问的一大堆关于厂里工作的问题，竟开不了口，一个也没问。突然记起老乡交代的话，要给韩管工准备一份见面礼，让他在厂里多给点方便。国华气自己竟忘了这事儿！气自己太大意！看看坐在旁边的韩管工，他心里盘算着该如何弥补自己的失礼。

国华突然感到无比孤单。车窗虽紧闭着，他却能感觉到窗外那不友善的北海海风固执地向他呼啸着。此时还是初夏，感觉却像是冬末。国华对哈特尔浦的第一印象其实和现实并无太大差距。哈特尔浦是个萧条的北方海港县城，在十九世纪下半叶开始工业化，整个小镇依赖造船业发展起来。但工业的发展也成为它在第一次世界大战期间被德方轰炸的原因。它的重工业开始没落，特别是到了第二次世界大战结束后，造船业的没落造成哈特尔浦无法再振兴起来。好多年来，城里失业严重，景象萧条。直到一九九〇年代，才有一些投资项目稍为哈特尔浦带来一些发展希望。

哈特尔浦[1]，国华后来听说，原意是“海边的鹿”。“哈特”是旧式英语中的“鹿”，传说有许多鹿聚集在海边的一处森林里。“尔浦”意为“海边”。据说，古时候人们来到这个小镇猎鹿，逐渐定居下来。

接下来，划过国华眼前的，是一栋栋火柴盒型的厂房，上面是各大跨国公司的名称。国华从未见过这景象，睁大了眼。“这毕竟是一个工业王国啊！”他不禁叹道。

最后出现的是那毫无生气的大型招牌字体“沙维润商业园”。它悬挂在半空中，像是在要求国华的忠诚卖力。“这就是你明早上班的地方。”韩管工指着车窗外的厂房，面无表情地说。

此时，李然和国华都不知道，他们正被送进英格兰北方最大的一家血汗工厂。他俩从来也没想象过，在二十一世纪的英国，会有这样的电子制造厂存在。在这里，工人的伤亡是跨国公司谋取利润的最大秘密。

这厂是三星集团的供应厂。哈特尔浦的地方报上曾这么介绍：

> 三星在全球电子产品制造和供应上具领先地位，它是韩国的第二大家族企业集团，也是最庞大的跨国公司

---

① Hartlepool，位于英格兰东北方的小镇。

之一，其全球营业额约达一千亿美元。三星电子制造公司于一九八四年以增加就业机会、繁荣当地社会为名，在（英国）政府五千八百万英镑资助的热烈欢迎下进入英国，它的制造厂并由英女王于一九九五年隆重剪彩开幕。哈特尔浦的国会议员彼得·曼道森大为赞扬三星的全球业绩，他说："谁说亚洲四小龙的经济成就是奠基于剥削廉价劳力的？"

报上又说，本世纪初，英国三星电子制造公司已有三亿英镑以上的营业额。它的两个装配厂，位于英国东北贝灵厄姆（Bellingham）的温雅德工业园（Wynyard）。在那里，公司雇请了大约五百名劳工，装配微波炉和PC计算机。他们大多数来自当地。而老乡告诉李然说，公司的产品配件，则是由移民工人来制造的。这也就是公司不为人知的秘密了。它一直依赖数家电子供货商，比如东进、吴万、长进和永兴厂，来制造它的微波炉和计算机外壳配件。为降低成本，赚取更大的利润，这些供货商在它们位于彼德理、哈特尔浦和贝灵厄姆的工厂里，通过承包公司来聘用"国际"劳动力，也就是无证、无身份的中国和韩国工人。

李然后来才发现，这跨国公司所谓的"国际"劳动力，就是它对厂里工人的称呼。在接下来的六个月里，他慢慢才懂得，"国际"就是无权、无名无姓、无尊严的劳动者的简易代名词。“国际”暗指的就是一个庞大的、国际资本的剥削锁链。

此时，国华紧跟着韩管工下了公交车。跟前是一排排灰砖砌成的、一九二〇年代的英国旧式国民住宅。韩管工领着国华进入一栋三层楼的公寓。爬上楼梯，国华看到墙上的白漆已脱落发黄，这房子不知多久没整修了？到了二楼，韩管工没敲门就推开房门，里头一张上下卧铺，一位中国男人坐在下铺床上，嚼着花生米。

国华正要将行李往上铺放，韩管工立即向他解释说：“这床不是你一个人睡的，上晚班的人明早回来以后，你就去轮班，让他睡，你懂不懂？”国华一听就明白了，这床是两人轮用的。承包公司可真知道怎么在工人身上挤油水。这一招，连在国内都少见。

那位嚼着花生米的同房先生说话了：“你哪来的啊？”

“黑龙江。”

“我辽宁的，”那人说，“咱们这儿就是挤。这栋楼以前是一家旅店，后来老板把它买下来，改建成宿舍，现在有四十个人住这儿。大家都轮流用床。唉，出门在外，没办法。”

“老兄，您来多久了？”国华问。

“一个月。”

“在英国是不是都这么住的啊？”国华又问，想起了到英国的头一个晚上东北接机人让他住的地方。

"对，咱们中国人差不多都这么住。外国人住房条件一般都很差。外国人里面，中国人大概是最差的。"

在韩管工的交代下，国华晚上九点即就寝，为的是第二天早晨能精力充沛地去轮班。

清晨，国华一起床就闻到香喷喷的蒸馒头味。"谁做馒头吃啊？"他问下铺的辽宁先生。

"咱老乡在楼下厨房搞早餐吃。承包公司那个姓林的本来说好了一天供应三餐，我们还自己付费，现在却只吃到两餐。早餐都得自己做。"

"这儿伙食还行吗？"

"唉，别提了，那个姓林的提供的伙食粗得很，而且午餐和晚餐的两道菜要咱们十个人分！"

一会儿，国华整好了白衬衫，就跟随着这位辽宁大哥步行去工厂报到。一出门，迎着他的是哈特尔浦清晨的空气。从宿舍到工厂的大街上特别寂静，一路只见无数水泥颜色的工厂建筑、一家超市和许多不起眼的老旧民宅。辽宁大哥对国华说："你瞧，这小镇没啥发展，咱外国人到这儿来只能做苦工，唉！"

到了工厂，韩管工已在厂房前，见着国华，他高声喊着："你过来！"

他将国华介绍给一名姓金的管工。金管工在这儿是负责安排工人每天的班次。他一见国华，二话不说，就一脸不耐

是咱的福气啊！”

“国华兄你别太客气！这算是技术活，没做过当然需要培训，厂里应该提供的。我会做一点，是因为以前在国内做过工厂活。那是我在加入国铁之前的第一份工作，工厂环境对我来说不陌生，但也没啥大不了的！多做几天就得心应手了！”

“哎！李弟你看，嵌这螺丝我嵌得多慢啊！”

“没事的，慢慢来。咱们一条线上的，大伙一块做。不熟悉的就问，别客气！”

“多谢李弟！”国华声音里充满感激，“咱们在这厂里就做这条线吧？还有没有别的？就担心招架不来。”

“听管工说，咱们改天还得做印刷呢！嵌螺丝比印刷要简单些，看样子在这儿什么都得做！不过你别担心，跟着我做就行了！”

“李弟你是城里来的吧？”国华好奇地问，“那天在伦敦车上，咱就想问你了，你天津地方腔不怎么重。”

“唉，在这儿哪来的都一样。”李然摇头自嘲，“连自己真名都不敢用，城里来的有啥用？”

话虽如此，来自城市的李然，事实上抱持着相当的自信。这自信也部分来自他比较丰富的移民经验。“唉，我从小就不是一个相信忍耐的人。要不，也不会选择出国闯天下了。”他笑着对国华说，“但虽然来自城市，到了国外还是一样要吃亏，受辱。

“是吗？”国华又好奇地问。

“那当然。记得咱们初次在伦敦车上见面时，我跟你说的，在德国发生的事吗？那时，我被德国人当街辱骂之后，咽不下那口气，上前要求那名德国人道歉。那人不但拒绝道歉，还又多骂了两句。一怒之下，我把他拉出车外，重重地打了他两个耳光！”

“李弟你胆子够大！”国华忍不住痴痴地笑，“在别人国家还敢揍人！”

“总得维护自己尊严啊！”李然也笑着说，“没想到，这为维护尊严的两个耳光，却给自己带来了牢狱之灾。我以伤人罪被关了六个月。那是多么漫长的六个月啊！在里头，过着非人的日子，连看病都成问题。唉，出狱后，我只能回国重新再来。”

国华惊讶地不知说什么好。这小弟还真是经历过风浪的。

“回了国后，我还是沉不住气，忍受不了那份没有未来的工作，”李然叹道，“就又决定出国了。这回，我选择了英国。”

“为啥？也是听了人劝？”

“倒不是，”李然答道，“是因为在我印象中，英国比德国讲人权。”

“唉，你们城里人就是不一样啊，”国华摇着头傻笑，“咱可没想过这些，咱们老百姓，如果能供养家人温饱就不错了，哪里还会顾到什么人权？”

李然听了不作声，看着穿着白汗衫、在流水线站立不动的国华，想象他在国内家乡做农活的辛勤模样。是啊，“人权”这两个字对他来说究竟能有什么意义？李然心里不禁为他难过担忧。这位头一回出国的同胞，谁都看得出来是个老实人。这么憨厚，这么诚恳，在他国异地，他肯定要吃苦的！

在厂里，国华给每位同事的印象确实是这样：话不多，总是埋头苦干，任劳任怨。听说厂里严限午餐半个钟头，不得超过（这低于法定的一小时午休时间）。国华总战战兢兢的，跟在李然后头，上食堂总生怕自己不小心午餐超时。

这里的伙食是标准的大锅饭，很简单，大酱汤和白菜。一周里偶尔有几天可吃到肉丝。这是朝鲜族菜，因为许多工人来自朝鲜族，伙食以朝鲜族菜为主。国华虽吃不惯，还是囫囵吞下，不到两分钟就把饭吃完了。

“国华兄，你慢点吃，”李然劝他，“你这样对身体可不好！”

“没事的，李弟，咱赶紧吃完了，好下去干活。”

“你别这么紧张！午饭时间就是给大伙休息的，你看，大伙不都还在食堂，细嚼慢咽的吗？”

“唉，咱干活速度比较慢，总得让管工看到咱好的一面。至少回到流水线上还准时，是吧？”

李然劝说无效，只好让国华提早回到了工作岗位，他总比大家少休息十五分钟。大伙看了都摇头。谁能说什么呢？国华一心想到的就是保住这饭碗，好给家里寄钱啊。

那天国华回到宿舍，床还是暖的。和他轮用床的东北老乡正准备出门上工。国华已累得说不出话来，一声不吭地就倒下去睡了。

在宿舍顶楼，和李然同房，睡上铺的，是一位来自福建的许华。他也才刚到哈特尔浦。三十五岁的他给李然的第一印象是他不善交际，性格沉稳。许多福建人给人的一般印象是喜好群聚，特别是来自福清和莆田的福建人，他们在英人数较多，群居的也多。而许华似乎喜欢独来独往，有些与众不同。

“你怎么没跟乡亲一块找工啊？”李然躺在下铺，一边嗑瓜子，一边往上对许华说。

“刚来英国的那几天，我跟着一位福建老乡去他那里借住，”许华答道，“但他那里有一位福清人，真把我吓着了。他在英国待了两年多了，就为了养家，没想到他老婆跟人家跑了。从那时起，他就精神恍惚。他睡在下铺，到了夜里总自言自语，让我很不舒服。后来他还老说要自尽，住在一块我感觉压力很大，就决定搬出来了。”

“不过你一个人在外头闯，很不容易，你在国内从事什么行业啊？”

“我过去在福建莆田的一家制鞋厂工作，”许华告诉李然，“那是一位新加坡华侨回乡开办的。我们莆田人都很羡慕也很尊敬他。在我们福建，出国是很让人羡慕的，也是很多人要走的一条路。”

“是啊，在我们那儿最近几年也是这样。”李然应道，出神地盯着许华看。

“家乡没法讨生活了，出国也是应该的，是理智的抉择，你说是吧！”许华又说，“所以那些成了功的老华侨在我们老家都被看作海外移民的前辈，我们大家都希望能走同样的路，能在海外成功。他们有些人在海外挣了钱，也没忘了自己家乡，还主动掏钱在老家建学校。真的是前人种树，后人乘凉啊！”

“是啊，我也听说过你们福建的这种传统。在你们那儿，出国肯定是平常的事吧。虽然从没和福建人聊过天，我听人说过，你们那儿去美国的多，对吧？你是怎么想到要来英国的呢？”

“嗯，我们福建早期是去美国的比较多。不过现在美国不好去了，走海线风险太大，所以大家现在跑欧洲的越来越多了。”许华说，“在我们老家，制鞋业、成衣业的一般工资都比较低。我和老婆两人无法负担年迈父母的医疗费用，现在医院的药品都那么贵，老年人的长期疾病，对我们这些穷人来说，都成了一大负担。”

“这情况我很了解。”李然说，想着自己的父亲。

“唉，更不用说未来要给儿子提供好的教育了，”许华叹道，“我们那边的人出国都是不得已啊！”

“你是怎么出来的？”

“我东借西借，好不容易向莆田亲友们借了十八万块，才支付给了莆田的蛇头，让他们安排我出国的行程。我和其他几个莆田人，一块跋山涉水，穿过欧洲大陆，千辛万苦地才来到英国。都为了要挣英镑啊。”

“不容易！”李然应道，心想自己真算幸运，一趟飞机就来到了英国。

许华又说：“到了伦敦第三天，就有老乡告诉我，这里有三星供应厂的工作呢，我想都没想到能进到这么大的电子厂。”

“你爱人在国内？”李然又问。

“是啊，她想跟我一块来，我没答应她。”许华低声答道。

“为啥不让她来？在这儿彼此照应多好？”

“家里儿子还小，她得留在国内，总要有人照顾儿子，你说是吧！”

“你打算在英国待多久啊？也不能离开妻儿太久，对吧！”李然又问。

“需要待多久就待多久，”许华说着又叹了口气，“我还有一屁股债要还呢。我得一边还债，一边供应家里生活。这厂里工钱这么少，这样子挣钱，要什么时候回得了家？看样子不加班不行！”

“在这儿加班还不是咱自己说了就算的，是管工决定的。”李然说，“他要你加班时，你还不能说不呢！”

人（汉族和朝鲜族）和韩国人，只有一条线是当地工人。“你看，”李然指着旁边的本地工人，“他们速度已经够慢，管工对他们没有要求，却要咱们更快！咱们每天的生产量要求永远比他们高。为什么咱们每一班次的生产要求是一千五百个商标，而他们却只有八百个？每天，咱们看着他们回家，回到家人身边，共度晚间时光，而咱们还得继续干……”

在旁的许华也叹道：“对公司来说，我们的好处就是我们在这里无亲无故，公司最爱的就是身边无牵无挂的工人了！”

“我们的牵挂在数千里外。”小玲低着头说。她特别惦念家里七岁的女儿。出国后，女儿就交给了父母照顾。每天，她看着女儿的照片想着她。每两天，她打电话回家，听女儿的声音。听到本地同事晚上都能回到家人身边，她心里一阵酸楚。

自此时起，每两天，大伙就会被送到制作微波炉门的部门去干活。那里只有移民劳工，本地工人是做不来的。在那里，不仅是工作量大，工人还必须忍受机器震耳欲聋的响声，还有模铸过程中塑料燃烧产生的令人窒息的热气和灰尘。大伙的注意力必须完全集中，一分钟也不停息，才能达到每日生产量的要求。

“这部门技术难度高，又有危险性，厂里实在应该提供安全训练才对！”李然不满地说。

“是啊，”许华应道，“我们没有人清楚究竟有什么应该注意的地方。比如说，我们没有人知道，这上色过程中化学物品究竟有什么样的危险性。”

国华只是低着头干活，对安全的事，他没想过。机器震耳欲聋的响声，还有塑料燃烧产生的热气和灰尘，他都能忍受。只是，持续的高工作量和过长的工时，渐渐使他感觉体力透支。而他习惯有苦往肚里吞，不愿在大伙面前抱怨自己的过度疲劳，不愿在同事面前显得“特殊”。

其实，不少同事和他一样，都感觉工作量和工时超过了自己的负荷限度。他们之中有些人因无法承受，已一个接一个地辞职离去。国华的一名东北同事在那里工作了一个月，他回到伦敦时，他的朋友都不认识他了。他在一个月内瘦了十公斤，且面色苍白。

“看样子，林老板不太在乎大伙离职！”许华一边给微波炉门打标签，一边对站在旁边的李然说。

“他当然不在乎！”李然说，“你想想，这些供应厂厂方都知道中国人的劳动力是源源不断的，他们肯定不在乎工人的离职。事实摆在眼前，咱们都可以看到，林老板的公司还经常解雇工人，聘用新人，为的是要赚取大家的登记费！而且他解雇工人的理由之一，就是大伙的身体状况不适。”

眼见同事们一一离职，小玲心里也很慌，开始担忧自己能支撑多久。

“这确实不是人做的工作！”她在流水线上对李然说。

“但咱们是鬼啊！咱是没身份的幽灵人口啊！”李然自嘲。

“没身份也是有血有肉的啊，”小玲语气沉重地说，“你没看到吗，撑下来没走的，都一个个病倒了！你没见到那位哈尔滨来的，人高马大的，来厂里才两个月，就患上了哮喘。”

“是啊，他说是制作微波炉门的时候，塑料燃烧和灰尘造成的。”李然答道。

“我自己也吃力得很，”小玲说，“这样长时间站立，还是头一回呢，我脚都肿了，背部也疼痛得厉害！”

“你得多休息，晚上的班，我看你就别接了。”李然劝她，“你以前在国内没干过这种苦工吧？”

小玲摇头苦笑：“当然没有，我跟这儿许多东北来的女同胞一样，过去是在国营企业里工作。我自己是在制酒厂里干活，后来厂子关闭，一下子把我们一百多人都解雇了。下岗后，没法负担家里生活，作为一个单亲妈妈，很难满足孩子的需要，又要供养年老的父母。实在撑不下去了，后来在朋友的鼓励下，我才决定出国打工的。”

“哎，大伙都一样，都是为了生活！”李然应道，看着面容疲惫的小玲。

“我特别佩服像你这样为了家庭远走他乡，孤军奋斗的女同胞！真的不简单啊！”在旁的许华忍不住说。

小玲听了不禁摇头苦笑：“唉，我可不佩服自己！到这儿来，没有一天不怀疑自己能不能坚持下去！”

“大伙都一样！”许华笑着说，“你看我，睡眠不足，眼袋都快跟石榴一样大了！在我们老家从来也没这么拼命干过活！”

“唉，但我们再怎么样也得撑下去啊！”小玲又叹，“我家里那个七岁的女儿，我可不能辜负她啊！更何况，现在我让年老的父母照顾女儿，老人家多么辛苦！”

“看来你有重任在身！”李然应道，想想自己还真是这里工人之中家庭负担最轻的。

“出国时，我到处向亲友借了七万块钱，才办了出国手续。现在我是希望能靠这份电子厂的工作，在一年到一年半的时间内把钱还清。我父母亲也一直催促我先还债。我了解，他们心理上负担很重，怕我负债太久，再加上利息，越是拖得久，就越难还完了。唉，我得先达到这个目标啊。”小玲说到这儿，神色坚决。

许华听了也点点头：“我们都是有债在身的人啊！”

“就是因为这样，我没有选择离开工厂的余地。”小玲说，低着头干活。

李然听了心里也特别沉重。这个看似弱小的女同胞，负有多么沉重的任务。她的未来劳动生活，将是多么艰难，却无退路！

“常和家里通话吗？”他怜惜地看着小玲。

“我每两天得和家里通电话，听听女儿说话，不然我可没有力气干活啊！”小玲说，“听到女儿在学校里成绩优异，我就感到特别欣慰！我感觉那就是自己劳力付出的成果。”

大伙都察觉到，自进厂工作以来，国华的身体状况一天不如一天，经常头疼得厉害，有时发烧。

“国华兄，你怎么了，面无血色的？”李然有一天忍不住又问他。

“累的。”国华没多说。他浑身无力，连说话都感觉费劲。他没告诉任何人，甚至包括他最信任的李然。他心里很恐惧，不明白自己究竟怎么回事，只感觉身体撑不下去了。而同时他心里明白，自己别无选择，只能干下去。厂内监工严格，他根本无法想象请假看病。更何况，他上哪里看病？

“国华兄，我看你得想办法看个病。”李然担忧地催促他。

“咱们没有合法身份，早听说当地诊所不让登记看病。这消息没错吧？”国华有气无力地答道。

“你的商务签证还有效吗？”李然问。

“就要逾期了。这样能不能去挂号看病？”

“这个咱们去打听一下。”李然想着，不确定状况。倒是在旁的许华，经常跟伦敦的福建老乡联系，这方面消息比较灵通。

“你这签证是根本不允许打工的，”许华郑重地告诉面色苍白的国华，“要是去看病，等于是向当局透露自己身份！”

“没错，”李然也说，“商务签证都不能打工，这咱知道。”

“厂里大伙都没身份，也都看不了病，不是只有你。”许华又说，“上个星期有位福建的，头疼得厉害，他就去当地诊所试过了。”

“是吗？怎么样了呢？”国华问。

“唉，那诊所工作人员一见是中国人，就开口要求出示护照，要看签证。那福建人只好放弃了。头疼就忍着了。”

国华听了心想，他一直在忍着，但实在不知能再忍多久啊。

大伙午饭时间就在讨论看病这事。李然想出了个点子，提议说：“不然，咱们去向有身份的乡亲借用护照！”

“其实不需借用护照，”许华说，“听我伦敦的福建朋友说，只要借用一张医疗卡就行了。他们英国人看不出中国人之间长相的差别，一张医疗卡可以好几个人用。我伦敦的乡亲就是这样。”

“但咱们厂里没有人有医疗卡啊！”李然说。

“我估计金管工就有医疗卡。”许华应道。

“那不就跟没有卡一样！”李然说，“那些管工才不管咱的死活呢。”

“唉，谁会想到看个病这么困难！”小玲也说，“我听我一个老乡说，他的律师曾告诉他，其实英国并没有什么明文规定咱们没证件的移民就不能就医，只是当地一般诊所的工作人员都依照自己的偏见行事。他们觉得咱们没权利就医，就百般刁难，不让咱就医。”

“寄人篱下，就得看人脸色，没有基本权利可言。”许华摇头叹道。

“既然目前没法看病，我看国华兄，您就休息一阵子吧，千万别勉强自己干活。”李然劝告坐在一旁的国华，“看你累得连饭都吃不下了！”

“是啊，国华兄，”许华也劝他，“你好好休息几天吧。”

日夜连班后的国华无力地抬起头看着大家，他们在他身旁说的话，他一句也没听进去。对他们的忠告，他一字没应，只是心想：休息，不就等于辞职吗？不就等于要离开这血汗工厂吗？大伙都撑下来了，他自己不也是为了让家里好过一些吗？难道这点牺牲都做不到？不行！不能休息！不能离职！国华心里再次督促自己，好好干下去。这个白天班结束后，他还要立即连做晚班。

此时，到了生产旺季，工时不断加长。李然这个线上的工人都被要求做日夜连班。这天一早，天才刚亮，李然见小玲面色沉重地进了厂，一句话也没说就上了流水线。

“你还好吗？”李然忍不住问，“早饭吃了吧？看你精神不怎么好。”

“没吃，没时间吃，就赶着出门了。”小玲低声答道，李然几乎听不到她的声音，“我没事，只是昨晚没睡好。”

“早饭可一定得吃啊，要四个小时才到午饭时间，我们这活特别需要体力。你可要养成吃早饭的习惯啊。平时有什么事需要帮忙的，你就直说啊！”

“谢谢你的好意，我会注意的。”小玲疲倦的脸上挤出勉强的微笑。

“怎么没睡好呢？有什么心事吗？”李然又问。

“就是想女儿嘛，睡不着觉，”小玲说着苦笑，“清晨一睁开眼，竟忘了自己身在何处！眼前是白色四壁，空荡荡的一片，让自己想不起是身处什么境地。后来坐起身来，才发现自己是在上铺呢！才猛地想起，我是在北英格兰的一个工人宿舍里。”

李然听了不知如何作答。看着旁边仍睡眼惺忪的小玲，心里为她难过。接下来的这一天，又将是日夜连班，小玲不知撑不撑得下去？

白天班的十二个小时期间，李然不断想和小玲说话，帮助她打起精神。但小玲只是垂着头，没劲地搅动眼前的油漆。盯着流水线上的活儿，她想到的是那笔七万块的债务。伦敦的乡亲不断鼓励她说，这笔数目应该能在一年到一年半左右还掉，只要她能保有一份全职的工作，拼命地干，能加班就加班。想到这儿，她又加快速度，把一个个商标模铸出来。

午休期间，小玲面色灰暗，李然担心地坐在她身旁，为她盛了碗米饭，又夹菜到她碗里，并为她舀了一碗大酱汤。“你慢慢吃。”他对小玲说。

半个钟头一下子就过去了。小玲吃完了午饭，还没来得及歇一会儿，就又得回到流水线上。小玲想着，眼前不仅还有白天班剩下的八个钟头，晚上八点还要继续干夜班，要到第二天早晨八点才结束。到了下午六点，她已全身无力，两腿发软。长期以来匆促的用餐，也已造成她胃疼，这个下午特别严重。

“你还好吗？”李然不停地问。小玲没跟他说，她有种想呕吐的感觉，需要坐下来歇会儿。固执的她，还是撑到了晚上八点。接下来的夜班，是不上不行。

“要不要回去休息？”李然问。

“没事的。”小玲又挺起胸回答他。

夜班到了凌晨两点，小玲已精神恍惚，站都站不稳了。她只好告诉李然：“你帮我向管工求个情，行不行？我看我撑不下去了。”

李然一听，急忙上前找金管工，他正在喝茶休息呢。李然不禁心生怨愤，但为了替小玲求情，还是把声音放低了：“金先生，麻烦您，小玲身体不舒服，站不住了，我把她送回去，行吗？”

“谁又做不下去了？”金管工没听清楚小玲的名字，他伸伸懒腰，打个哈欠，“这些人！养他们不知有什么用？一个个都是病猫！”

李然听了这刻薄的一番话，压抑住心中怒火，继续为小玲求情。

“金老，拜托拜托您，我们队里的小玲，平时都是生龙活虎的，干活特别卖力！今天不巧生病，这也难免，人不是钢铁打造的，您说是吗？金老，拜托您通融一下，给个方便！万分感激！”

金管工就喜欢工人说讨好的话，更何况，他现在听到生病的是小玲。他从小玲第一天进厂就看上了她，一直没找到好理由跟她说话。

所以李然的这番好言好语，他听得特别舒服，马上就答应去流水线上看看小玲究竟怎么一回事。

见了小玲，他殷勤地问：“怎么？累了？干不下去啦？”

小玲细声恳求：“金先生，今天实在不舒服，这是我头一回，拜托您让我提早回去，行吗，金先生？”

“本来这条线是不能请假的，”金管工歪着头看她，笑着说，“但你跟别人不一样。你快回去休息吧！”

“谢谢金先生！太感激了！谢谢金先生！”小玲不断给金管工行礼。让工人请假，这还是这条线上的头一次。小玲几乎不敢相信自己的运气。

“你好好休息两天，明晚我给你煲点汤，送到你宿舍里。”金管工拍拍小玲的肩，这么说。

“啊……”小玲不知说什么好，“谢谢金先生！不麻烦您了！”

“一点也不麻烦！”金管工说着，手就搭在小玲肩上。

“好了，我送她回去吧，”李然打断了金管工，“走吧，小玲。”

那天轮完了班，李然就做了粥，拿进隔壁小玲的房间。小玲的室友还在轮班，李然就坐在下铺床上，和在上铺休息的小玲谈天。傍晚，金管工果然来敲小玲的房门。李然一听就知道是他，没有室友会敲门。

“小玲！你在吗？”金管工那粗厚的声音，隔着墙都响亮。

李然从床上起来，对上铺的小玲做了个安静的手势，叫她别出声。

“小玲！小玲！你在吗？”金管工又喊，声音特别急切。

小玲缩在被窝里，不敢出声。李然在下铺坐着，若无其事地嗑起瓜子来了。听到李然的瓜子响声，小玲不禁想笑，又用棉被捂着嘴，怕外面的金管工听见。十分钟后，金管工还在外等着小玲应门，他手里抱着的热汤也凉了。最后他只好自觉没趣地离开了。

生产旺季期间，工时的不断增加，使得移民劳工与工厂之间的矛盾日益加深。小玲的胃病时好时坏，只能靠国内带来的止痛药治疗。而由于没有理会金管工的追求，她从那时起再也得不到特殊待遇了。同时，国华的健康每况愈下，由于借不到医疗卡，求助无门。

大伙都纷纷议论，微薄的工资根本不能和漫长的工时成比例。在英国有乡亲的工人，都知道电子厂里的工资跟英国的一般工资标准差距有多大。大伙午饭时间的短短半小时，成了热烈讨论工时和工资问题的时刻。

“咱们外籍工人每小时工资仅仅两镑，去税后才一点八镑，”李然对大伙说，“咱们挣的是厂里本地工人工资的一半啊！”

“而且还不只这样，我听我伦敦老乡说，”许华也告诉大家，“我们厂里的工时早就超过合法规定，你们知道吗，在英国，一周的最高工时，是不得超过四十八小时的。”

大伙听了议论纷纷。“咱们应该向上反映一下！”有人说。

“对！反映一下！让公司知道咱们不是病猫！”有人应和着。

“我认为我们大家应推选代表，去跟公司谈一下，”许华提议，“李然，你说呢？”

大伙听了立即热烈赞同。推选谁来代表大家呢？李然由于他的直率、正义感，在厂里特别受到大伙喜欢。而许华人缘也不错，交友广，消息灵通，虽然他话较少。

许华不是个爱做领袖的人，他立即推荐李然来当工人代表。大伙也热烈响应：“就推选李然！李然做咱们的代表！”

李然就这样成为厂里移民劳工的公认代表。大伙都知道，只有他的声音大，敢为工人们向公司要求基本权利，与公司经理层搏斗。李然也接受了同事们的推举。数月以来，他见到大伙对工资和工时的深深不满，他决定带领大家向公司反映。

大家讨论的结果是，不要求降低工时，但集体要求加薪。而大伙的集体要求，根本没被公司放在眼里。“不可能！”就这么一句话，英国经理就把李然打发掉了。

隔天，大伙又在午饭期间坐在饭厅里讨论对策。“咱们卖了命地替他们干活，他们连个六十便士也不给加！难道非要把咱逼急了不成？”国华同屋的那位辽宁同事愤愤地说。

“不然咱们就罢工！跟公司拼个你死我活！”李然头一回提出这个想法。没想到话一说出，就获得大伙热烈的回响，拍手叫好。

“就罢工！”大家喊着，“罢工！”

大伙午饭也顾不得吃了，纷纷讨论罢工行动。顿时饭厅乱哄哄一片，成了工人会堂。唯一没出声的，只有国华一人。他坐在长板凳上，靠着墙打盹儿。他至此已持续做了两次连班，头晕脑涨，大伙的讨论他根本跟不上拍子。他勉强地塞了两口白米饭，是为了不让自己太饿，怕干活干不下去。

大伙仍在国华四周激情地谈论罢工。“厂内咱们中国人多，罢工会造成生产瘫痪，必定能让经理层让步！”李然鼓舞大家，“承包公司不可能在短期内找到这么多新员工。”

“团结力量大！”许华应道。他对集体行动充满信心。“最好是能够召集所有工人，让韩国工人也和我们一起罢工，这样力量更大！”

“对！”大伙一致表示赞同。小玲也在旁频频点头。

接下来的数日内，在流水线上，李然和许华便开始了他们的“游说”活动，一一向韩籍工人解释罢工的要求。韩籍工人早对公司不满，也早有罢工的意愿，李然和许华发现大伙根本不需被说服。

“就跟他们干上了！”一名韩籍工人说，“我们全部响应！让工厂全瘫痪！”

那天，大多数的移民工人都参加了罢工。李然发动大家在工厂门口劝说要进厂的少数工人参与罢工。李然见到工作最卖力的国华，他与往常一样，面容憔悴地走来。

“早，李弟。”他向李然点点头，一话不说地正要照常进厂里上班。

李然看了难过，把他叫住了：“国华兄，您等等，别急着进去，您听我说——”

“李弟，”这是国华头一回打断李然的话，“你们大家谈论的事咱都听到了，咱在心里百分之百地支持你，李弟！你是咱在这异地他乡遇到的贵人啊，咱打心里钦佩你的勇气！但咱没那本事，没法子出来鼎力相助。李弟你了解咱的苦衷吧？”

李然听了眼眶都红了。他上前握住了国华的双手，就像他们初识那天国华紧握着他的手一样。“国华兄！您的苦衷我

小玲对大家说："咱得用英语喊啊，这样英国工人才懂咱的意思啊。"

"说的对，"李然转向大家，"谁知道'六十便士'的英语怎么说？"

小玲笑着答："SIXTY PENCE！"她说这还是金管工教她的。金管工别的好处没有，就是会几句英语。

"唉，我们来这工作这么久了，连这两个字都不会说，这就看得出我们的弱势了，是吧？"许华又摇着头，低声说。

"咱日夜干活，哪里有时间去学英语啊？"国华应道，不禁叹气。

"不管怎样，今天起大伙得多练练英语了！"李然说，"不然怎去跟资方谈判？"

又一个个本地工人走进了厂。"SIXTY PENCE！ SIXTY PENCE！"大伙朝着他们喊。"罢工！罢工！"

小玲又加了一句从金管工那儿学来的话："NO WORK！NO WORK TODAY！"

大伙都愣住了。没想到这小玲一边干活，还一边跟管工学了这么多英语。那些英国工人朝小玲看了一眼，互相观看一阵，然后笑了起来，好像不把她说的话当回事似的。在他们眼里，一个中国姑娘能说出什么？

小玲不理会他们的嘲笑，又再重复："NO WORK！ NO WORK TODAY！"

同时，李然上前跟那些英国工人比手画脚地解释一番，而他们困惑地看着李然，然后头也不回地走进厂里了。

由于罢工涉及厂内大多数的移民劳工，经理层对罢工行动似乎是敢怒不敢言。工厂老板最想做的，是命令承包公司开除李然和其他带头的“滋事分子”。但老板很清楚，移民劳工是没有资本的工人和农民，他们知道，他们手上有的，就是他们的劳动力。那是他们生存的工具，也是他们唯一的谈判筹码。没有他们的劳动力，这家工厂（和另外三家厂）就无法供应像三星、夏普和索尼这样的跨国公司。工厂老板明白，工人一旦决定罢工，必是抱着相当决心，不会轻易放弃他们的要求。更何况，此时正值生产旺季，工人很清楚这是最佳时机。

罢工那天下午，大家仍未从厂方那里听到任何消息。国华有些担心，但不愿说出，只是默默跟着大伙一块儿，坐在厂房外的角落。李然有些沉不住气，索性邀请同事们去外头散步：“咱们来这儿这几个月，都还没看见这个镇长什么样！走，咱们去遛遛！”

只有许华愿意在这个时候去散步。大家心里都还惦记着厂方的回应。

“你们这个时候去散步，不好吧？”小玲提醒他俩，“要是厂方来消息了，怎么办？”

“不会那么快的，你看着吧，他们在玩心理战术呢，”李然似乎一点也不担忧，“咱们应让他们觉得，咱胸有成竹。”

李然说着拎起外套，和许华向着城里方向走。小玲看着他，摇着头笑道：“你俩像孩子一样，还有兴致散心。”

“要不要去海边走走？”许华向李然提议，“我告诉我儿子，说哈特尔浦是个海滨城镇。他问我，这边海滩是不是沙滩，我说我还没离开过宿舍和工厂。”

“唉，是该去看看。”李然说。

“搞不好，咱们可以在海滩上抓些螃蟹回来，做晚饭吃，这里伙食太差了。”

他俩就沿着空寂的大街，走向海的方向。一路上，只有一家又一家关了门的、四周都钉上了木板的酒吧。酒吧可是英人社会生活的一大中心。一家家酒吧都关门，连外国人都看得懂它象征着地方的萧条。

“这个鬼地方，”许华说，“除了工厂，还是工厂！其他一无所有！”

二十分钟后，他俩见到远方有一座高耸的烟囱，看似中国的砖窑烟囱。“不知那是制造啥玩意儿的？”李然说。走近一看，囱桶上写着“Durham printworks”（杜伦纸厂）。他俩都不认识那两个字，许华把它抄写下来，打算回厂里问个究竟。

“我发觉你这人挺好学的！”李然笑道。

“是啊，刚在厂门口不是说我们得好好学习英语吗？”

总算，他俩步行来到期盼已久的码头海滩，许华发现海水竟是灰黑一片。他望着海，又叹了口气说：“难怪我伦敦的老乡都说英国的海不美！”

“哈特尔浦这地方看来不是以它的海出名，也没啥观光业，”李然说，“当地人靠啥过活啊？”

“估计就靠那些国际制造商投资了。”许华答道。

他俩就在沙滩上来回漫走了两遍。李然不停地深呼吸，吐气，逗得许华笑道：“你好好地吸收这新鲜空气啊！机会不多！”

在海滩上，他们俩找到了两只手心般大的螃蟹。许华把它们握在手掌里，开心得像个孩子一样地咯咯傻笑。

“放了吧，”李然说，“这么小。”

“带回去玩吧，”许华笑着说，“屋里多闷啊！”

下午，小玲回到宿舍休息。金管工突然来访，敲她的房门。她一见是管工，心慌起来。罢工期间，金管工会是为了什么事来找她？

小玲没让他进门。“小玲，我是想来跟你谈谈，”金管工说，“我知道你是厂里最卖力的员工了！”

小玲不作声。金管工就开门见山地说：“你这回被李然他们影响了，在厂里闹起事来了。我担心你这样，以后在这里怎么待下去！”

“金管工，我——”

“小玲，我知道你跟他们不一样，”金管工又说，“你是有前途的！他们搞破坏，你没有必要跟着他们。卖力干活的员工，最后必定会加薪的。”

“大伙都很卖力，我们的要求也不过是加六十便士。”小玲说，她不愿正视金管工。

“大伙都要加薪，公司还怎么赚钱呢？”金管工斜着眼对她说，“小玲，你在这儿时间还不够长，很多事你还不懂。但他们这样瞎搞乱搞，是对公司不利的。”

“金管工，您今天来，是——”

“小玲，我知道你是有发展的，你好好干下去，公司不会亏待你的。你告诉我，李然他们搞的事，明天还继续下去吗？要搞多久？”

小玲顿时明白了。金管工来访的目的，是想从她这边得知罢工的进程。肯定是上面指示他来探听消息的。

“我不舒服，不跟您多说了。”小玲立即关上了门，不再理会他。

此时，李然和许华俩正手捧着两只小螃蟹，慢慢地走回宿舍。进门时，金管工刚从宿舍出来。见着李然和许华和他俩手上捧着的螃蟹，冷笑了一声，二话不说就离开了。

罢工的第二天，厂方仍未正式表态。厂方的低调反应倒让工人们不安起来。事实上，厂方对罢工是非常担忧的，经理层畏惧的是移民工人的反抗被深化，生怕他们继续罢工到厂方下不了台的地步。公司觉得目前的对策不能来明的，只能来暗的。厂方暗地里透过管工们放话，说承包公司那边很快将引进新员工，来自中国、韩国的劳动力源源不断。

这天，金管工来到罢工队上，大伙都瞪大了眼。金管工在大家眼里就是资方的走狗，他在此时出现，准没好事。

金管工走到了李然跟前，面无表情地对他说："你跟你兄弟们说一下，你们有哪一位不满公司条件的，可尽管自寻他路。公司不会挽留的。"

"是吗？"李然冷淡地回应他，"想必公司会让本地工人来做咱们的工作？一周一百个小时，每小时不到两镑钱？"

大伙听了都笑了，有人在旁叫好。金管工火了，大声地对大家说："告诉你们实话吧，公司是完全不缺人力的。公司有的就是工人，他们正等着从伦敦北上，来哈特尔浦干活呢！你们要卷铺盖走的，就快走吧。人家还等着要来挣钱呢！"

这个"不缺人力"的说法一放出来，立即造成了工人之间的恐慌。这是李然没有想到过的。毕竟，这意味着大伙的劳动力不再被需要，也就是说，大伙的谈判筹码不在了。眼见工人的士气大减，李然决定在宿舍里召集大家开紧急会议，讨论是否持续罢工。

晚上，大家全挤在宿舍地下室的厨房里开会。国华下了水饺，大家围桌用餐，讨论罢工事宜。许多工人都忧心忡忡，质疑罢工行动将带来的结果。

"咱们没有身份，厂方可以随时调进新员工，把咱们全部解雇！”国华屋里的辽宁先生这么说，“厂方的想法很简单：咱们要干就干，不干滚蛋！”与多数同事一样，他的信心已动摇，很明显是金管工放话的结果。

“那都是资方唬人的把戏！”李然坚持，“我在伦敦的天津老乡对承包公司林老板的底细最清楚，他就说林老板那边没有那么多人力，更没法在短时间内招聘到这么多工人！那都是厂方的心理战术！”

“是啊！我们上百名员工，没有可能在短期内招聘到的。”许华进来助阵。

“话虽不错，但咱们都知道，有一批批的中国人，也就是各位的乡亲朋友们，都正往英国跑啊！”辽宁先生说，“林老板的名气大，很多人都会来投靠他的。”

“是啊！”有些人在旁附和。

“咱们毕竟不能拿咱的生计去当赌注啊！”辽宁先生又说。这回大家都频频点头赞同。

李然坐在桌前，无言以对。他明白已没有什么话能够说服同事们。见这尴尬局面，国华在旁听着，一心想说几句话，支持罢工行动，却一个字也吐不出来。他心里怪自己，没上过什么学，不会说什么鼓励人心的话。他呆坐在那儿，心里比谁都难过。

在国内完全没有罢工经验的小玲，也同样不知所措。她只是静静地坐在李然旁边，抚着他的肩，想安慰他。

这么易于凝聚的集体力量，也就这么轻易地被摧毁了。哈特尔浦这些电子厂里破天荒的罢工，就这样不了了之了。

李然在那晚的日记里这么写着：

> 在北国的工厂王国里，我们戴着“李明”、“王勇”、“林贵”等标签，上了流水生产线……我们的人格被践踏，我们的灵魂被蹂躏……而在一决死战之前，我们放弃了尊严，宣告绝望。

罢工结束后，李然并未停止以个人方式来挑战厂里的工作条件和管理方式。最让工人不满的是，本地英籍管工对移民工人的歧视对待。比金管工的霸道作风还让人难以忍受，而且似乎越来越严重。本地管工时常蓄意虐待中国工人的方法之一，就是将洗手间锁上，不允许他们在工作期间使用。中国工人由于语言不通，不愿去和本地管工起直接冲突，就默默地接受了这种不合理的规定。

李然对这些管工的“暴政”是毫不畏惧。一天，李然又被管工拒用洗手间。为了抗议这项规定，他拉下长裤拉链，大声喊：“上不成厕所，那我只好就地解小便了！”

那位管工冲过来，拎住李然的领子，以英语吼叫：“王八蛋，看我怎么整你！”说着，朝李然的腹部用力揍上一拳。

大伙见了，都离开了流水线，上前把李然扶起。“你今天是不想活了！”李然站了起来，对管工大吼，然后奔向门口，抓住一条铁棒子，向管工挥来。

“操你的，你有种过来！兔崽子，欺负咱外国人是吧？我今天就叫你给我跪下！”

那管工见到李然手上握得紧紧的钢条，吓得一劲地往外跑。李然追着他，朝他臀部狠狠地打下去。那管工疼得叫出了声来。从没见到管工跑得这么快，旁边的同事们看得都乐了，直拍手叫好。自那天起，外国人终于能在工作期间使用厕所了。

深秋了，宿舍到工厂这段熟悉的路上，遍地是棕红落叶。那段路，沿着公路直去，在十多小时的劳动之后，显得特别漫长。承包公司的小型巴士在工厂和宿舍之间来回接送工人上下班，公司向工人索取每月二十镑的交通费，从大家月薪里扣除。有些工人为了省钱，宁可在下班后徒步回家。国华就是如此，他经常在日夜连班后，拖着已无知觉的身子回到宿舍。他经常是夜里出门，上夜班，连续轮了两个班次后，又在天黑时回宿舍。他眼前的漆黑，就是他每日每夜心情的写照。

清晨八点钟夜班结束时，大家蹲站在厂外，等待小型巴士到来，有的吸着烟，有的望着远方初升的旭日。经常，李然问小玲：“要不要我陪你走回去？”小玲总点点头。其实，和李然步行回宿舍，是她在英国的劳动生活里唯一一件愉悦的事。在那短短十五分钟里，她肩上时时刻刻扛着的一切似乎都消失了。她可以不谈收入，不谈对金钱的需要，不谈每日的辛劳和被剥削。这短短十多分钟里，她只想听李然说话，享受他声音里的力量。

那个清晨，李然在日记里这么写着：

> 那短短十五分钟里，我见到了深秋的美。她走过红红落叶，窸窸窣窣，那是十二个钟头的劳动后沉重步伐的声音……红红落叶又再飘下，落在她的黑发上。并肩漫步的她对我说，走在这棕红大道上，她想起当时离家时对英格兰的憧憬……彻底改变自己命运的那些梦想。她说，就像这棕红大道一般甜美浪漫。她说着，展露出真诚的微笑，好像是寻得了瞬间幸福时刻的那种微笑。那短短的几分钟里，我见到了她的美。

那长长的棕红大道对国华来说，却是没有一点色彩的。十月的最后一个星期天，他在长期三十六小时的连班劳动后，又再度拖着最沉重的步伐往厂里走。那天离开宿舍之前，他曾告诉他的辽宁室友，他头疼得难受。

“休息一个晚上吧，老兄，”同屋的辽宁先生劝他，“去跟金管工请个假吧，你脸色真的很难看。”

“不行，那不行。”国华仍坚持步行去工厂，继续劳动。

在厂房门口，轮完班的李然碰见了刚要进去上夜班的国华。

“国华兄，您怎么回事？您病了吗？脸上一点血色都没有！”李然问他。

“没事儿，李弟，我只是累。”和往常一样，国华不愿多说，就走进了厂房。

那晚轮班期间，国华在第一个小时内就头痛加剧，站都站不稳了，不得不向金管工要求休息。

“不行！不行！”管工还没听完他说话，就挥手拒绝了他的要求。

在接下来的两个小时，国华的头痛变得难以忍受，他要求和他一起轮班的表弟去向金管工求情。管工仍摇摇头。

最后两个小时过得特别漫长，国华头疼地站不直了。他又鼓起勇气，向管工请求休息几分钟。“拜托您，帮帮忙，我实在撑不下去了！”国华第一次这么坦白地向管工请求。

“不行！”他的要求再次被金管工无情地拒绝了，“要是大家都像你这样，我们怎么达到生产目标？”金管工的理由是，厂里工作量大，每一次轮班必须达到一千三百到一千四百个完整产品，没有工人可以离开生产线。

国华一声没应，叹了口气，又低着头继续干。他在一千四百个微波炉门上，压印出公司集团的商标后，才敢下班。

此时，国华已走不动，他的表弟搀扶着他，一步步地走回宿舍。在路上，国华逐渐失明。他几乎说不出话来，只能吐出几个字："我看不见啊！"

回到宿舍时，国华已失去知觉。就像是一个过度使用的机器一样，他突然停止运作。没有人能唤醒他。半个小时后，他被送到哈特尔浦镇上最近的医院。该医院表示无法治疗他，几个小时内，他被转送至米德尔斯伯勒医院。在那里，他于十一月二日脑出血不治死亡。

国华突然死亡的消息一传回厂里，大家都万分悲愤。李然简直不敢相信这是事实！他含泪质问金管工："你们到底把他怎么了？一个健康的、三十九岁的男人，怎么会就这样倒下去了？"

厂里的每一位移民工人都很明白，国华是过劳死。在国华过世后，他才开始正式地以他的真名被称呼。离开人世的是国华，不是那工作证上的"李明"。

大伙都感觉，他们眼睁睁地看着国华迈向死亡。特别是李然，他愤恨自己没有强行阻止国华连夜轮班，后悔自己没有多关心他！他对小玲说："都是我不好！我以为他只是疲劳，我以为他撑得下去！"

"这不是你的错啊，"小玲安慰他，"有谁能料想到，国华会被这残酷的工作纪律整垮呢？有谁能料想到，二十一世纪的英国工厂里，会有人过劳死的呢？"

"我们一定要为国华讨回公道！"李然激愤地说。当天，他立即发动了大家捐款。所有工人都热烈响应，一起凑足了几百镑钱，支持国华家属，帮忙料理后事。

米德尔斯伯勒医院将国华的死亡证书交给了他的直接雇主，也就是承包公司。而承包公司毫不当回事地将死亡证书交给了中国大使馆。大使馆将证书寄给了国华在黑龙江的妻子。不识英文的国华妻子，虽得知了丈夫的死讯，却是一直到一年半后才明白那张死亡证书上写的内容，也就是丈夫的死因。悲痛的她不懂的是，离家不过半年的丈夫，怎么会就这样不明不白地走了？

令国华家属和同事们不解的是，国华在这样不寻常的情况下死亡，米德尔斯伯勒医院竟没有做解剖检查，因此没有任何的验尸报告。一九八八年英国验尸法案中要求验尸官必须对暴力的、非自然的或原因不明的死亡做解剖调查。这项规定适用于任何与工作场所有关的死亡。在有可能需要验尸调查的情况下，一般法规定，有关单位有责任将死亡报告交给验尸官。这些责任，米德尔斯伯勒医院一直推得一干二净。

国华妻子好不容易借到了钱，来英国参加丈夫的葬礼。她心里充满困惑，急于了解导致国华死亡的真相。而到了哈特尔浦，她才明白，一切善后都在完全未通知家属的情况下由公司做了安排，工厂和承包公司早已订好了火化的日子。

“咱们对火化的事都完全不知道，”李然对国华妻子说，“看样子是承包公司怕事态恶化，在背后跟厂方做的安排。他们就想尽快火化，等于是消除证据。”

"但这决定，完全没先经过咱们同意啊！我是国华的妻子，难道不应该先通知我吗？"

李然不知该如何安慰国华妻子，见她伤心，他也忍不住跟着掉泪。

"他们这儿的医院方面，也完全没有询问过我啊！"国华妻子说，"这火化的事，究竟是谁给处理的？"

"这个，咱们工人是不会知道的，"李然答道，"但肯定是资方和医院之间安排处理的。"说着，他长叹了口气。

没有错，唯一能和医院接洽联系处理火化的，是工厂的韩国董事、英国经理和承包公司的林老板。

而那林老板根本不把国华妻子放在眼里。对他来说，她不过是个农民，好唬好骗。

"那林老板不是个简单的人物，"李然告诉国华妻子，"你最好尽早去向他索赔，否则他是会不认账的！"

果真没错，林老板早有准备要如何应付国华妻子。他非常清楚情况，国华在国内家里的两个孩子现在由祖父母照顾，急需支持。在经济压力下，国华妻子是脆弱的，是易于愚弄的。林老板就好言好语地向她保证：火化结束后，必会给予她相等于六个月工资的赔偿费。

"这是多么微薄的一笔赔偿！不能接受啊！"李然劝她千万别退让。他建议国华妻子去找律师。但她哪来的钱能负担律师费用呢？此时的她，哪里有选择余地呢？

林老板一听就明白了，这伎俩他也不是没使用过。这就是“分化并各个击破”。他曾多次用这个方式，来巩固工作纪律。这回，他透过管工们来对工人们施加压力，蓄意传言说，在厂里的死者家属对大家的工作机会只有害处。他利用无身份的劳工畏惧移民局单位搜查及被遣送出境的心理来恐吓、煽动大家，制造“危机意识”，使得大家逐渐开始视死者家属为对自己生计的威胁。

国华妻子、他的表弟和弟媳妇，自然就成为资方要清除的“问题残渣”。他的表弟对李然说：“承包公司想这样就把我们打发掉了。因为我们在这里无亲无故，也没有能力去寻求法律上的协助。只要火化结束，我们一旦离开了工厂，就没有人会知道究竟发生了什么事。”他说着哽咽起来，又接着告诉李然，“承包公司和厂方一直在相互推卸责任。厂方也将责任推得一干二净，他们将整个事件说成仅是承包商和死者家属之间的事。但工厂是逃不了责任的，其实它责任重大。因为它设定了超过法律规定的工作量和工时，超过了人体负荷的极限。”

在压迫的气氛下，李然仍继续鼓励大家进行第二波的罢工行动，为国华家属争取赔偿。他站在厂外，向同事们倡导：“厂方拒绝给予任何赔偿，理由是‘国华是非法打工’。咱们都知道，厂方让承包商全权安排非法劳工取得合法证，也就是提供给咱们伪造的身份证。在咱日夜卖命工作时，厂方怎么不说咱们是非法打工呢？现在厂方却厚颜无耻地用法律身份为借口，漠视工人的生命！”

许华也四处游说同事们，继续罢工。他对聚集在厂外的同事们说：“我以为英国是个至少尊重人权的国家，怎么劳工的生命，是这样廉价地被对待？”

然而，林老板的“分化”伎俩，已再度在工人之间产生了作用。

数日后，李然和许华几人逐渐成为少数。他们的声音被越压越低。大伙尽管仍同情国华家属，在公司移民身份的心理控制战术下，也不得不沉默下来。罢工就这么结束了。于是，厂内逐渐恢复正常运作，一切照旧，就好像什么也没发生过一样。

一天，李然进厂时，没见着国华的表弟和弟媳妇，他俩自国华过世后一直在厂里干活。李然上前向金管工询问。

“他俩给送走了。”管工连看也没看李然一眼。

“送到哪去了？”李然听了着急，提高声音问。

“车站。”

原来，那天清晨，在林老板和工厂经理的指示下，金管工到宿舍里，将国华妻子、表弟和弟媳妇三人接走了。他开车将他们送去了火车站，叫他们搭上往伦敦去的火车。他们就这样被迫离开了哈特尔浦，离开了工厂。哈—特—尔—浦，它在他们的记忆里，将永远是一座死城。这死城将他们推向了茫茫不可知的英国劳工生涯。

第二章　塞尔西的卡拉湾

国华之死，似乎就像一个小石子掉进了一潭污浊的死水一般，并未造成波动。它更未能造成厂内工作条件的改变。事实上，工人们的日子是一天比一天难过。管工们现在更为苛刻地要求工作量的增加。管理阶层的想法是，现在仍留在厂内工作的，必定多是无他处可去、别无选择的，愿意服从一切劳动纪律的工人。

同时，厂内比过去更为戒备森严。管理阶层生怕国华死亡的消息外传，引起媒体和社会关注。管工因此开始限制工人与外界的接触，对工人在厂外和宿舍外的任何活动，都特别注意。管工也经常临检工人宿舍。好几回，李然在楼梯间碰上金管工。

“去哪儿？”金管工问他。

“在门口吸根烟，透透气，行不行？”李然以讽刺的口吻回他。

一个月后，外界对国华之死仍是一无所知。不仅英国大众从未听闻过这样的血汗工厂，更无法想象“过劳死”这个事实，就连英国华人社区里也无人听闻。

事实上，像国华这般背景的中国新移民，根本与英国本地华人社区毫无接触或交流的机会。所谓“海外华人”这个概念，在他们刚到英国时，对他们来说非常陌生。在英定居的华人有四十多万，但这数字并不包括无证、无身份的新移民。对厂里的大多数中国工人来说，哈特尔浦是他们在英国的第一站。在这个小城里，他们见到的所谓海外华人，就是寥寥无几的华人外卖店和餐馆，业主都是讲粤语的中国香港移民或越南华裔移民，各顾自家生意，与他们的表面交流不会带来什么社区感。对厂里的中国工人来说，工厂劳动就是他们生活的一切。大伙都感到特别孤立。

“唉，咱们就像被陷在一个文化沙漠里一样。”刚做完夜班，躺在床上休息的李然，低沉地对上铺的许华说。

“是啊，这沙漠里唯一的绿洲，就是几份华文报了。”许华说，翻阅着伦敦福建乡亲寄来的本地中文报。他最爱看的就是华商报了，里面有许多找工的广告，各项移民法律信息，甚至有时还刊登打工人写的散文。这一份报纸，他已反复看了三遍了。“唉，可惜每周就这么一份！”

“你就是它最忠实的读者了！没有它，你这日子怎么过！”李然笑着说，心想，华商报里有些内容过于低俗，但不好说出这话。

“我从高中毕业后就养成了爱阅读的习惯，”许华傻笑着说，“以前在家时，每晚下班回到家，就爱看小说，什么小说都借来看。”

“是吗？我下班后可没那精神。”李然躺在下铺，已有睡意，不停地打呵欠。

许华经常在下班后，躺在上铺，在微弱的灯光下，读出报上的本地“华社新闻”给李然听。谈论华人社区里的小道消息，倒也成了他俩舒解工作压力的一种方式。一方面，许华通过本地华文报，也渐对华人移民史有些了解。他老喜欢聊早期中国人来英奋斗的故事。

“你知道吗，英国的华人社会其实真是很复杂的，它可不像官方说的那样，”他告诉李然，“我们福建人最清楚。我们在这里的时间比较久。”

“是吗？英国华裔移民都打哪儿来的？”李然问。

“你看这华文报就知道，华裔移民来自全球各地，各成自给自足的社区。你看看，这篇文章里写的——英国华人社区的起源，还得追溯至鸦片战争呢。”

“是吗？这我还真没听说过。”

“你知道，中英两国之间的贸易，自从中国在鸦片战争中战败后，就被刺激发展起来。贸易不断扩张……”

“那是可以想象。”李然应道。

“你看，报上这篇文章就说了，一八六五那年，利物浦的船运公司开办起欧洲与中国之间第一只汽船。”

“是吗？”李然好奇地听着。

“那时，由于中英贸易日增，对于中国海员廉价劳力的需求，也就日益增加。文章里说，自十九世纪中叶到二十世纪初，英国的东印度公司雇用了许多来自广东、浙江和我们福建的海员，他们一批又一批地来到了英国利物浦、卡迪夫和伦敦海港，成为英国最早的中国移民。”

“还真有意思，”李然应道，“那东印度公司是怎么一回事？”

“这篇文章里说，东印度公司是十七世纪成立的，是英国最老牌的帝国主义机构了。它原来是控制英国和西印度群岛之间的贸易，后来发展成统治印度的集团，控制英国和印度、中国之间的贸易，垄断了跟这些国家的贸易。鸦片战争后，东印度公司就是在中英之间运输丝绸、棉花、鸦片等。”

“看来你对英国历史还是了解不少呢！”李然笑着说。

“这都跟我们中国人有关系，都是看报看书得知的。我从来到英国就一直纳闷，这华文报上所说的‘华社’，究竟是怎么一回事，为什么我们这些新来人都接触不上？所以我就越来越想知道中国人在这个国家的历史。”

“我也不明白‘华社’是啥，咱们跟它完全脱节。”

“是啊，我们福建人就感觉不到这‘华社’的存在。”

“你们福建人算是中国人移民英国的先驱了，”李然说，“你们要是感觉不到‘华社’的存在，那更别说我们了！”

“唉，你看，最清楚的就是，国华家属根本没办法从所谓‘华社’那边得到任何帮助或支持，你说对吧？‘华社’甚至根本不知道国华的死亡。”

“是啊，国华的死亡让咱们发觉自己多么无助，孤立！真是叫天天不应！”

“从我们的孤立，就激发了我想了解英国的华人圈子。我就想知道，英国的华人究竟是什么样的圈子，是不是有什么客观环境让华人这么分散，还是什么原因让他们这么冷漠？对别人的事都不闻不问？”

“在国内不也一样吗？”李然叹道，“劣根性。”

“我还没发现究竟是什么原因，不过，倒是透过这些华文报，慢慢得知，英国的华人来自各个不同背景的地方，都自成一家。”

“是吗？他们都是从哪儿来的？是香港人多吧？”李然问。

“根据华文报上说，多数在英国的华人移民，是在一九五〇到一九七〇年代之间来到这里的香港移民。”

“是吗？”

“是啊，他们过去在香港多从事餐饮业。所以一来英国，就都纷纷进入了伦敦的餐饮业。有人一开始是当伙计，慢慢奋斗，也有许多人开业当老板。以前，中国人在这里是很受歧视的，我从报上文章里得知的。”

“受歧视？”

“是啊，但你知道，一九七二年，英国正式和中国建交，英国的华人地位也就慢慢提高了，中国文化越来越受到重视，中国餐饮也越来越受到喜欢。伦敦爵禄街的餐馆那时不断增加，到了一九八五年，爵禄街开始被称做‘唐人街’。这些中国餐馆就慢慢成为现在华人社区的经济主力。我们要在餐饮业里讨饭吃，都得靠他们呢。”

“餐饮业的这些事，我也听老乡跟我说过。”李然应道。

“报上文章说，他们香港移民的子女，大多不愿从事餐饮业。我听我们在伦敦打工的老乡说，那些在餐饮家庭长大的第二代华人，都不想再干厨房工作。他们多想做英国人做的工作，不想留在华人圈里。”

“那也难怪了，那些英国长大的华人，谁会愿意在厨房里干活啊？工作时间那么长！”

“是啊，所以那些香港移民老板就没人接管他们的事业了，就出现了所谓劳力短缺。”许华说。

“那些老板肯定就得靠咱们这些外来的，来填补短缺，对吧？”

“你看，这篇文章说，从一九八〇年代起，越南华裔移民来到英国，填补了当时香港老板面临的劳力短缺。但越南华裔的第二代，同样和香港移民的子女一样，不愿继续父辈的餐饮事业。餐饮业干活实在太辛苦了！到了一九九〇年代初，马来西亚的华裔移民也开始进入英国，帮忙填补了华人餐饮业的劳力短缺。但他们人数不多，不足以解决长期问题。”许华越读越起劲，不停地念下去。

“最后呢，这些老板还是靠一九九〇年代开始越来越多的中国移民，才为华人餐饮业注入了新血。”

“是啊，还是靠咱啊！”李然应道。

“我们中国移民在过去十年来越来越多，成了‘华社’依赖的廉价劳动生力军。”

“虽说他们需要咱们，但咱在这‘华社’里，根本没有地位可言。”李然说。

“是啊。我们中国来的新移民，跟过去的华人移民之间有很大差异，文化上，语言上，这是我们福建人最清楚的。”许华说。

“不只是语言文化方面吧，”李然应道，“咱们和他们之间在经济上也是对立的，不是吗？我们是工人，他们通常是老板，所以我想很自然就会形成两个截然不同的华人社会。”

“是啊，我们和他们之间完全不存在交流。”许华叹道。

“咱们新来的，都是无证、没身份的工人，”李然也叹了口气，“从一进入英国开始，咱们就成为一支新的中国劳动队伍，生存在‘华社’的最底层，更不用说是英国社会的最底层了！”

像与世隔绝一样，在国华过世后，中国工人在哈特尔浦的厂里继续以生命为赌注，日夜贩卖他们的廉价劳力。

李然的话变得越来越少。他变得易躁不安。一整天，他站在流水线上压印着商标。累了，就对机器骂“三字经”。管工说话，他连看都不看一眼。再累了，就天不怕地不怕地就地坐下来休息。

“李哥你得注意一点，”小玲提醒他，“这样做，要是管工往上报告，这饭碗就不保了。”

“国华都死了，我还担心这破饭碗吗？”李然耸肩，不听劝。

那天不巧，韩籍经理进厂巡视，李然那时正坐在地上打盹。

“你在做什么？”经理怒斥。李然揉揉眼，一点也不慌张地看着经理。

没有第二句话，李然就这样由于不服公司规定“超时休息”，而被立即解雇。他没有做任何反抗，也不想反抗。被解雇，此时对他来说就是种解脱。

“我要忘了这个鬼地方，”李然对小玲说，“国华这样丧命，我们谁也不该再留下。大伙应该集体离职，这样才对得起国华！”

“你别那么冲动，”小玲说，“大伙都有家要养，都得往家里寄钱。讲义气是一回事，家里温饱怎么顾？”

不过，在厂里，其实大家都不想再待下去了。倒不是因为要对得起国华，而是对工厂的未来产生了疑问，畏惧国华之死造成的影响。谁知道，哪天外界不会听到消息，招来移民单位的注意，甚或突袭检查？李然一被解雇，大伙更慌了。工厂是否在采取逐步裁员的措施？接下来会轮到谁被解雇呢？

在宿舍里，大伙纷纷讨论去向，四处打电话给在英国其他城镇打工的乡亲朋友，迫不及待地寻找新工作。从早到晚，宿舍里能听到的就是电话铃响。李然被解雇，许华也不想待下去了。他感觉离开哈特尔浦是迟早的事。

这天，许华从福建老乡介绍的一位名叫阿方的福清人那里得知，北方兰开夏郡那边有中国人的队伍，正沿着海岸线在拣拾贝壳。

“这样好赚吗？”许华从没听说中国移民也从事这个行业。

“你能干的话，一天可挣到五六十镑，”阿方在电话上这么对许华说，“大家都在拾贝，拾贝能挣钱挣得多些、快些。”

这位阿方其实才刚到英国几天，还没找到工作之前，只好跟着同屋福建乡亲，一起在伦敦路边摆摊，写大字，挣点小钱。

“唉，我以前在家连大字都没写过！毛笔怎么拿都不太会，现在竟然要靠这个赚钱！我只好有样学样，但路边没什么生意，只是赚几个观光客的钱，所以才做了十天。”阿方告诉许华，“他们跟我说，你这样挣不到什么钱，还是去利物浦那边拾贝吧。已经有很多中国人在那里干活。”

“你是替谁干活啊？”许华好奇地问。

“我一来到利物浦，就替一个名叫彼得的英国佬干活。四十多岁，人还行。他做这一行有十几年了，经验老到。”

“你怎么认识他的？”

“要不是靠老乡帮忙，我哪里会认识到这个英国佬。”阿方答道，“你也来吧！挣得要比你在那个破厂子里多得多了！”

许华根本不需要考虑，第二天就准备上路了。他想，还有哪里会比哈特尔浦的工厂更差呢？

许华自来到英国后，本想离福建人的圈子远些，避免复杂的人事，好好专心挣钱。但哈特尔浦的一切让他的想法起了变化。在哈特尔浦，福建人属于少数，管工欺负没人挺你，承包公司老板解雇也求助无门，他深深感受到作为少数群体的弱势，也逐渐了解到福建乡亲为何习于聚居的道理。

“利物浦这边，是福建人的天下。”阿方说。他的声音里似乎充满了自信，“乡亲多，不管怎样总会得到照应，你说是吧？”

许华听了心想，或许回到福建人的圈子里，真会得到较好的待遇，日子会好过一些。

“你也一块去利物浦吧！”许华跟李然说，想说服他一块走。和李然同屋相处了这么久，李然已成为他唯一可谈话的对象。许华心里还真舍不得他。

“唉，我是想跟你去利物浦，”李然说，“但我一点拾贝经验也没有啊！”

“那边的中国人都没有什么拾贝经验。”许华应道。这是阿方跟他说的，这份工作不需要什么实质经验。

“但你们福建人不一样，你们靠海，比较习惯海上的工作。”李然这么说，“说真的，要去做没做过的事儿，会让我觉得有点不踏实。”

那晚，大伙都聚在宿舍厨房里，谈论找工的事。好几位同事都决定要南下，通过友人找到了在伦敦餐馆的工作。李然也刚好从天津的朋友那里得知，南部有农场工作。“他们正在招工呢，”他告诉许华，“旺季就要来到，有很多活可干，在南英格兰一个叫作萨塞克斯（Sussex）的郡。”

他转头问坐在旁边的小玲：“你走不走？”

小玲早想离开哈特尔浦。对她来说，这个厂是个充满晦气的地方，不是久留之地。更何况，几个月来她已对李然养成了依赖，什么事都得和他商量，听他的建议。至今，她还没弄清楚，自己的这种依赖是不是在异地他乡对同胞自然的认同和归属感，还是更深一层的感情。无论如何，她心里知道，自己是离不开李然了。

小玲立即辞了工。第二天早晨，她和李然、许华，就这样头也不回地离开了哈特尔浦。火车上，他们嚼着许华准备的茶叶蛋充饥。

“这些茶叶蛋总让我想起临别老婆的那天，她准备了满满一袋的茶叶蛋，还有她亲手做的福建光饼，好让我在路上充饥。”

小玲倾听着，想象他离家的路程。福建对她来说，是个很遥远的地方。事实上，长江以南的省份在她脑海里都是一片模糊。“你当时是怎么走的？”她问许华。

“唉，从莆田到沈阳，从南到北，穿越中国，你知道那巴士车程有多么漫长吗？”许华忆起自己当时心中的百感交集——那对过去的思念和未来的憧憬，困惑情绪交错的旅程。他淡淡地对小玲说：“真别提了。”

而小玲忍不住好奇。她自己是以商务签证来到英国的，从没遇过有偷渡经验的人。“你们从福建来的，通常都是层层关卡吧？你是怎么出境的？”

“唉，”许华又叹，“当时，我们一行四人千里迢迢到了沈阳，在那里等蛇头的指示，然后听他的指挥，转车去哈尔滨，然后再由那里的蛇头带我们过边境……”说到这里，许华似乎不愿再回忆下去。

小玲望着窗外景致，想象着国华妻子被送离哈特尔浦那天的情境——他们恐怕连准备茶叶蛋的时间都没有！金管工没有事先通知他们，就强行送他们走。听说，国华妻子现在在东南部金斯利镇的一个花厂做流水线。听说，她扛起了养家的重任，一小时三镑的微薄薪资，她省吃节用，有一点钱就往家里寄。

到了伦敦，李然和小玲陪伴许华步行到巴士站，赴利物浦。许华一分钟也不愿停留伦敦。对他来说，时间就是金钱，一分钟的歇息就是浪费。此时，伦敦下起了小雨，他三人身上都没带伞，就在雨中道别。

“你可要保重啊！”李然对他说，紧握着他的双手，“有空多给我们打电话！”而李然心里明白，这一道别，真不知何日再见。许华从巴士上望着李然俩，强忍着泪水。巴士一离站，他就忍不住掉下眼泪。窗外一座座维多利亚式红色电话亭在雨水中朦胧一片，缓缓远去。

李然和小玲俩，就按照天津老乡的指示，来到维多利亚巴士站。这里人潮拥挤，每个站口都是等着上车的移民劳工。李然两旁就站着许多波兰青年男女，每人身上背着包，拎着行李，正要前往南部城镇去打工。李然俩就从这搭上了往南奔的巴士，去一个不曾听闻的城镇，叫切斯特（Chester）。

切斯特是一个历史古城，以市中心十二世纪的古教堂著名。它也是这个郡的文化中心。过去十年以来，许多移民劳工来此聚居，在附近的农场和加工厂打工。移民劳工的到来，为这古城添增了多元文化的色彩。

李然发现，这个离伦敦仅三个小时远的地方，像是另一个世界。下了巴士，竖立在他俩跟前的，不是哈特尔浦那样的北方萧条工业城，而是一个都铎式古典矮房林立的富裕中产小镇。“这就像是博物馆里的画像一样，”小玲忍不住说，

"这些矮房又像是童话故事里的糖果屋！"李然摇着头，笑她的天真模样。

天津老乡老高来接他们俩，他乡见着同胞，李然特别开心，虽然老高也是老乡介绍的，他们是第一回见面。

李然和小玲俩跟着老高上了中型巴士，这就往切斯特郊外驶去。一路上，南英格兰的田园风光瞬间让他们俩耳目一新。小玲抬头望着浓厚的白云，叹道："在这里，一切感觉都不一样了，我感觉离蓝天特别近！它好像能用手触及！"小玲张开双臂，想去拥抱它！

她深呼一口气，转过头兴奋地对李然说："你看，这才是英国啊！"

巴士沿着田野小道绕啊绕，一会儿往左倾，一下子又向右斜。李然和小玲俩就像随着乐曲节奏一般，东靠西倚。田野从他们两边展开，那绿，从未见过的，透彻的绿！小玲的心跳不禁加速，仿佛不知下一个弯路后会出现什么样的景致，什么样的颜色。

在田野的远处，李然可略见一个个低着头耕作的农工。他们看来都是西方人，李然心里纳闷：这农活看来还不是只有中国人在做呢。事实上，他看不见任何中国人或亚裔面孔。"那些都是本地人吧？"李然问老高。

"不是，他们来自巴西、东欧和中东各国，"老高答道，"本地人大多做不来这种工作。"

他接着向李然俩介绍："农场所在的这个塞尔西镇(Selsey)，向来以田野打猎著称，有钱的英国人来这里花钱打野兔！"

"打野兔？"李然笑问，"野兔可好吃了。"

"那些打猎的英国人不吃野兔，最多把它卖了。倒是咱们中国人猛吃野兔，因为咱们伙食不好，为了补充营养，也抓起野兔来了。"

"那好，"李然笑道，"兔肉可补了。"

"这塞尔西镇，"老高继续充当向导，"它的滨海位置更让它成为一个观光景点。许多经济能力不允许他们出国旅游的英国人，喜欢来这里度假。"

"它的乡村景致太美了！"小玲不停地赞叹。

"那是外表，"老高摇着头又说，"塞尔西镇真正的价值所在，是它辽阔的蔬菜农场和它的蔬菜加工厂。咱们干活的农场，就是这儿最大的蔬菜农场了，它和旁边的加工厂是姐妹公司。那厂可是英国的第二大食品制造商！它供应全英国最大的超市'乐购'。乐购，知道吧？"

"当然知道，"李然答道，"咱们天津市郊不就有一个'乐购'吗？这么说，这儿一定有很多活可干了。"

"那可不！每年都有上千名来自东欧、俄罗斯、保加利亚、中国、伊拉克和阿富汗等国的工人被送到这儿干农活，采集莴苣。"老高答道，"他们也去厂里加工，制作色拉。"

一会儿，李然和小玲跟着老高下了巴士。“这就是咱们的住处，大伙都住在卡拉湾里。”

“卡拉湾？”他俩没听过这名词。

“卡拉湾就是篷车[①]，里面啥都有。”老高解释，指着前面的几个卡拉湾。

“他们挂的是什么旗啊？”李然指着左边卡拉湾顶的一张红白相间的旗子。

“那是波兰的国旗。这里有不少波兰工人。”

“啊，是吗？他们会说英语吗？”李然好奇地问。

“他们的英语比咱们好一些，但我估计也好不到哪里，”老高说，“他们跟老板说话也得靠人翻译。”

“你们跟他们有交流吗？”李然又问。

“有啊，他们对咱们很友善，周日不上工的时候，经常请咱去他们的卡拉湾里喝啤酒。”老高又指着另一边的几个卡拉湾，“看，那边住的是巴西人。他们跟咱们一样，几乎都没身份，多数是用葡萄牙护照。他们也都得靠中介带进来。”

老高说着挥起手，招呼前面卡拉湾的小梯上坐着的一位叼着烟的中国人。“小郑！咱们老乡到了！”

小郑立即站起来，上前热情地握着李然的手：“请进！请进！”

---

① 卡拉湾为英语 Caravans 音译，指的是可居住移动篷车。

四十出头的小郑皮肤黝黑，一看就知道干过农活。他来自天津市郊的一个小村，以前种过地。农活收入不足以供养两个孩子，更不用说为孩子存钱未来办婚事。他看着已去韩国打工的邻人一个个地盖起了房子，小郑感觉自己也不得不效仿他们，为家人尽点力。他终于听取了村里朋友的建议，决定出国打工。当时有些村民正往欧洲跑，特别是英国。赚英镑要比挣韩币快一些，虽然投资也大一些，他想，人生就这么一回，要好好地闯闯，他这就来到了英国。

李然和小玲低着身，走进卡拉湾。他俩张大了眼。

“老高，你在电话上说是五个人居住的地方，不是吗？”李然问他，口气中有些质疑。“这怎么？”

“怎么？”老高愣住了。

“这才三十平大吧？”李然说，“五个人怎么住？”

在他们面前的是一张破旧发黄的沙发，上面有几处烟蒂烧的洞。地上堆着沉沉的行李，一箱挨着一箱，好像大伙昨日初抵英国一般。

“我可从没说这是五星级饭店，是吧？”老高笑着拍拍李然的肩，“在英国，什么都得将就点儿。”

小玲是五人之中唯一的女性，因此被分配到唯一的单人房。虽然这单人房就只摆得下一张小床，一下床就是门口。但小玲反倒松了口气。经历过哈特尔浦的住宿条件，她早已对英国生活上的一切没有任何期待。事实上，卡拉湾对她来说并不是想象中最差的住房。

李然不怎么开心，一屁股坐在破旧的沙发上，从口袋里掏出了烟。

“来一根吧。”他给老高和小郑一人递了一支烟。

老高见他对卡拉湾的住宿条件不满意，觉得不好意思，又不知说什么好。

“咱们这儿的一切，都是一个叫作‘中英文化服务中心’的中介公司给安排的，”小郑打破了大伙的沉默，告诉李然，“他们收两百镑中介费，五十镑难民纸，我们到了这儿，农场又向我们收每周三十五镑的住宿费。”

“你们怎么找到这家中介公司的？我从没听说过什么‘中英文化服务中心’，还真冠冕堂皇的！”李然不以为然地笑。

小郑也跟着捧腹大笑起来，露出他洁白整齐的牙。“是啊，还搞文化交流呢！公司主任是什么民主党的。这公司和英国许多农场合作，召集中国工人，填补劳力短缺。”

“是吗？”

“是啊，当地人不喜欢干农活，所以农场得招聘外国工人。”小郑满脸笑容地回答。

“是这样的。”老高又解说一番。他在这儿的时间最久，比谁都知道情况。“外国工人都是通过英国的那个‘季节农工计划’被招聘的。但那‘季节农工计划’人数有限，农场人力需求高时，就会需要像‘中英文化服务中心’这种中介来引进咱们中国人了。”

“这中介公司还行吗？”李然问。

“唉，这中介公司还真有一套，不仅挣咱们的钱，他们还拉拢咱们入党，说什么可以替咱们办身份。”

第二天清晨五点，天还没完全亮，李然就把小玲从睡梦中摇醒。“上工了！上工了！”

小郑、老高和他的弟弟小高早已起床，匆匆地吃了碗粥，都准备要出门了。小玲听见外头的嘈杂声，让她顿时振奋起来。往窗外一看，各国工人正缓缓步入农地，他们以各自的语言交谈着。

李然打开了卡拉湾的门，望见日出轻柔的阳光，映在朝露亮泽的绿地上，他深呼一口气，多么清新的一口气！他也走向农地，开始了一天的劳动。

工人们纷纷进入自己国家的队伍，每一队都有会说英语的一名工人来担任翻译的工作。在中国人的队伍里，有一名马来西亚籍的华裔年轻人，他会说简单的英语，成为大家公认的翻译员。每天，他的角色就是告知大家当天的工作量。

“今天要摘集十五堆的莴苣，每一堆必须有十箱，每一箱里必须有十袋莴苣，每袋里必须有二十个莴苣。”他以不太流利的普通话交代大家，“我们必须摘集、拣选、标签然后装箱。”

大伙每天有十二个小时在日落以前完成任务。如果不能完成，就自动加班几个小时。在第一个小时内，小玲已经感觉体力透支。李然也发觉农活并不如想象中那么容易：长时间弯着腰采集农作，是很吃力的。旁边动作较快的老高，聊起国内的工作："唉，过去在国营车厂干活，再怎么辛苦，也从来没这么累过！那时候，喝茶休息是很正常的事。"

"话虽如此，你挣的钱永远赶不上物价！"李然说。

"是啊，但虽然那时挣得少，一个月才拿到一千四百块钱，要是企业不关闭，我还是会继续做下去的。"老高答道，"你们也清楚得很，企业经常不良，我们厂里的工人根本无法维持生计，我只好四处借了七万块钱，找中介办了个英国商务签证，来这里讨口饭吃。"

老高伸伸腰，又继续弯下身去采莴苣。

此时，几位波兰人正走向农地。李然问老高："他们怎么这么晚啊？"

"他们的作风和咱们可不同。他们慢条斯理的，晚起晚上工，多休息，又早收工。"老高答道，"不像咱中国人，卖了命地干。"

"咱什么都没有，就有条贱命，"李然郁闷地说。他想起了在哈特尔浦的厂里，即使在国华过世后，大家还是卖了命地干活。"走到哪，就会卖命。就这本钱了。"

这话大概是说到老高心坎里去了。他眼都红了，低下头，一言不发。

老高很明白，中国人这队伍，就是支无证、无身份、无名无姓的工人大队。他们在旺季里每周工作超过七十二小时，薪资拿不到本地工人的三分之一。他们的工作条件和机会，完全操纵在中介公司的手里。老高心里清楚得很，他昨天热情地向李然和小玲介绍的那个充满田园情趣的英格兰城镇底下掩盖的，是个充满危机和暴力的生产巨轮。

此时，一辆又一辆吉普车开进了农地。一个个健壮的英国男士下了车，身穿白汗衫，西装裤，其中两位头上戴着鸭舌帽。他们手上都持着猎枪。工人们都放下农活，伸直了腰，好奇地看着他们。李然看傻了眼，他还真没见过英国猎手。"玩儿真的？"他问老高。

"那是他们富人的娱乐，"老高答道，"一般英国人玩儿不起这个。"

"他们是本地富人吗？"李然问。

"听说有些是附近农场主，有些是城里来消遣的。"老高说。

小郑也凑过来说："这农场为赚钱，开设猎场，经常有人进来打猎。他们打到的野兔，多拿到附近店里卖，你没看到那些店门口都挂着招牌卖兔肉吗？可多了。许多游客喜欢买当地土产，都会停下来，有不少人买兔肉呢！"

"野兔好抓吗？"李然问。

"咱中国人最近一直在抓野兔，"小郑答道，"这儿野兔泛滥，农场因此允许大家抓野兔。中国人最会抓了。”

“我可不会。”李然说。

“我是农村来的，抓野兔是经常的事，都知道怎么做。你就跟着学吧。”小郑幼时经常在田野里抓野兔。他怎么也没想到，这在英国还成了一项技能。在农场上，大伙都推崇他为抓野兔专家，连东欧工人都来向他学习。

“他们波兰人和乌克兰人可有意思了，看咱们中国人抓野兔，他们都要模仿，不过他们动作太慢，抓得少。”小郑越说越得意。

“午饭时间到了！”老高打断了他。他拿出袋里的一盒盒包子，发给队伍里每个中国人，然后对新来的李然和小玲说：“就半个钟头，赶紧吃吧！”

大伙就地坐下，在烈日下午餐。小玲拿起手上已被热气蒸软了的包子，往嘴里塞。

大伙都喊热。农场上连遮篷也没有，午饭时间又太短，不能走回卡拉湾用餐。小郑摇头笑道：“这还真像在中国干农活！”

吃完了包子，李然躺在草地上休息。蓝天白云还是像昨天那样近，只是他没有力气睁眼看它了。

老高说，大伙是按件计酬的，一个单位是五便士。“咱们一天可采七百个莴苣，一个人大约可领到三十五镑。要是算钟点的话，咱们每人一个小时挣得两镑八左右。”在这里，外籍工人的工资，是农业标准工资的三分之二。但没有中国人知道这个事实，他们的唯一比较，是中国国内的工资标准。

这一天，中国人的队伍于下午五点半达到了一天的产量要求。李然松了口气。老高很满意地说："以这样的速度干下去，场主肯定会继续长期雇用咱们。"中国人收工离开农地时，旁边的乌克兰队伍还在低着头干活。

大伙就跟着小郑去抓野兔。"你们看着，这些野兔很笨呢，你围住它，它就一动不动，你一下就可把它抓起来，或给它一刀，它就没命了。"小郑十分钟之内就抓到了两支又肥又大的野兔。

"怎么宰这兔子？"小玲问。

"哎，你们这些城里人，什么都不会做，连宰只兔子都要问农民！"小郑开心地笑着说。大伙跟着小郑走回了卡拉湾，硬要看他怎么杀生。

"看着啊！"小郑喊道，"用一把利刀，从它脖子这儿切下去，要用力切！"

小玲看不下去，捂着眼，跑出了卡拉湾。

"然后你把它倒过来，"小郑抓着兔子的后肢为大家示范，"让它的血流完，再从刀口剥皮，懂不懂？"

小玲往农场的另一端走去。此时，日落余晖下的绿地上仍有多位乌克兰工人弯着腰在切割莴苣，好像一幅安详无声的农作图。小玲绕着农地走了一圈，远望无边际似的田地，深吸了一口气。一天的劳动后，虽筋疲力尽，却感觉实实在在，她告诉自己，不久就又能够寄钱回家了。

四十分钟后，回到卡拉湾时，酱油炖兔肉的浓香味已弥漫整个农工住宿区。中国人都在卡拉湾外，坐在凳上准备用餐。此时乌克兰工人也已回到卡拉湾，正在生火烤肉。小郑兴高采烈地请他们一块过来享用兔肉。大伙都不擅英语，他们的共通语言就是肢体语言，小郑比手画脚地向他们解释他是怎么宰野兔的，乌克兰工人们瞪大了眼，用大拇指示意好："Good! Good!"让小郑乐极了。

很快地，"中国人炖了兔肉"这个消息就传遍了农工住宿区。各国人都想来尝尝中国式的炖肉。大家也带着自己的食品来分享，他们围着卡拉湾，吃肉谈天。尽管语言沟通困难，大伙谈的都是共通话题：在英国的种种生活经验。

一位名叫阿突的乌克兰籍年轻男人对李然说："这农场很不正规，我第一天上工，他们就叫我去开拖拉机，我从来没开过拖拉机，照规定他们应提供训练才对。"通过马来西亚籍华人的翻译，李然明白了他的意思。

老高也凑过来说："我们中国人也被叫去开过拖拉机！大家都一样，廉价劳力，谁管我们安全不安全！"

阿突点点头："是啊，我们是在这里建造巴比伦！"中国人听了都一头雾水。

阿突和其他乌克兰籍工人都和中国人一样，没有正式移民身份，躲躲藏藏地在各地农场、加工厂和建筑工地里做最低薪的工作。不过，在这农场上的乌克兰籍工人多为二十到三十来岁的青年，干活的体力有的是。中国人的队伍里则四十岁以上的居多，多为人父母，背负着相当沉重的任务。而且，中国人来英的方式和路程，要比乌克兰人艰辛得多，投资也更大。

“像我这样中年下岗，还出来闯天下的人可多呢，”老高对阿突说，“你知道吗？我到英国的第一份工作莫名其妙地泡汤了，就因为自己年纪大，不中用。”

阿突似若一知半解地倾听，还不时点头，好像在充当老高的听众，老高也就顾不得他听不懂普通话，又说了下去，不管马来西亚华裔翻译来不来得及听。“你知道吗，那天早上我一早出门，到处问路人那工地地址怎么走，就是听不懂人家的回答。”老高继续，“有人指着公交车让我上去，一上了车，却不知在哪一站下车。折腾了半天，最后在一个叫作沃尔瑟姆斯托（Walthamstow）的地方下了车。天不助我，竟开始下起雨来了。距开工时间已经晚了半小时，我还没找到地方，现在却要忙着躲雨了！”

老高讲着，眼都红了。“唉！那雨可越下越大，老天啊！我说，你停一下，行不行？雨就是不停。我只好躲到一个电话亭里去了。我突然有种冲动，要打电话给我老婆，向她诉诉苦。但一听到她的声音，我不知怎么地就讲不出话来了。我是担心她担心我啊！她的担子够重了，一个人持家。我不忍心再让她为我操心。我就对她说：‘我一切都很好！工作也找到了！’听她笑了，我就安心了，也没刚才那么慌了。我走出了电话亭，又上了公交车，拿着住址条子，提起了劲儿，问司机怎么去到工地地点。他的一番解说，我就是听不懂。此时，已经晚了将近一个小时了。再找也没用了，就算最后找到了，人家工作也都已做半天了。我是不可能保住这饭碗的。我决定回住处去，又问司机怎么走。他比手画脚地告诉我，坐七十八路。我就下了车，按照他的指示，最后找到了七十八路。那天我到家时，已是晚上九点钟了。一进屋，看到那接机的同胞坐在那儿吸烟，一句话也没问我今天是怎么过的。”

李然在旁听着点点头，淡淡地说：“就是这样，在英国就是这样。这是正常。”

“不过，”老高说，“我倒是学了不少。从那时起的一个月后，我就成为天津人之间的公交车专家了！新来的天津人都向我请教怎么坐车。”

兔肉晚餐和国际工人的同乐，是大伙唯一的休闲娱乐，李然特别喜欢大伙交流的时光，让他在这陌生国度能有些归属感。但好景不长，由于各国工人都在仿效中国人抓野兔，很快农地里的野兔都被抓光了。农场因此下令禁止这项活动。

秋初，白天的时间缩短了，劳动的时间少了。绿色一片的田原铺上了褐黄外衣。

此时，农场经理带来了大家最惧怕的消息：旺季已过，农地收成已告一段落，请大家各自解散。中国工人们原以为中介公司会做安排，但农场经理表示已不再与该中介合作。

“那咱们怎么办呢？”小玲焦急地问。她想到的是怎么给父母寄钱，家里七岁的女儿怎么办。“想想办法啊，老高！你怎么样也得帮我们再找工啊！当初是你把我们叫来的，说中介会一切包办！”

“我也和你一样急啊，小玲，”老高答道，满脸愧疚。“这么吧，咱们明天带翻译，去找农场经理求情！”

“我们得说清楚我们要什么，否则他们要拒绝我们就太容易了。”李然说。

“咱们要求他把咱转到他们的色拉加工厂去，”老高说，“很多别国的工人都去了。”

大伙一致同意他的提议。第二天早晨，中国人的队伍就浩浩荡荡地来到了经理办公室，上了谈判桌。

农场经理根本没有正眼看过他们。黄发碧眼，身高体大，中国人都喊他“鬼佬经理”。大家对他没有了解，只知他这人不太懂基本礼貌。他正在喝茶看报，见到中国人进来，一脸的不耐烦。“什么事？”他问马来西亚籍翻译。

翻译让大家坐下，然后向经理解释：“是这样的，大家原以为中介那边已有安排，现在的情况很困难，大家面临失业。

大家的意思是想请您给个方便，让大家转到加工厂去干活。”

“我们已停止和那个中介的合作关系，所以这个忙帮不上，抱歉。”

“但是加工厂可以直接聘用我们。”李然忍不住说。

经理冷笑了一声：“你们不可能被直接雇用。谁来处理你们的证件问题？”

大伙顿时明白了。当然，雇用无身份、无名无姓的移民，是必定要通过中间人的，这样上面的公司才能免责。

此时，老高突然站了起来，一下子跪倒在经理的跟前。“我求求您！我求求您！给我们一个生存的机会，行不行？我以后一定感恩图报！大恩人，我求求您！”

经理看了不知所措，他从没见过工人给他下跪。他尴尬地对翻译说：“这是做什么？我这里又不是开庙的！叫他起来！”

大伙连忙把老高扶了起来。老高情绪激动，泪流满面。翻译一字字地说明了老高的请求。

经理摇摇头，很无奈的样子。“好了，我还要开会，就这样吧，你们去和一个名叫安那托理的中介联系。我们都是通过他来招工。拿着，这是他的电话，打给他，叫他带你们进入加工厂。”经理把纸条递给了翻译，就头也不回地离开了办公室。

听说，安那托理这个中介来自爱沙尼亚，已入英籍，是这里最大、名气最响亮的中介。这里农场和加工厂都是通过这样的中介来招用廉价的移民工的。透过翻译，老高在电话上向安那托理请求："老板，拜托您，让我们替您干活！我们都是最勤劳的工人啊！"

"没有问题。"安那托理十分爽朗，立即答应雇用中国工人，而且没有要求大家提供任何证件。大伙都松了一口气，老高高兴地抱住李然，又忍不住掉泪了。

"你别一把鼻涕一把眼泪的，"老高的弟弟小高笑着逗他，"感情这么丰富怎么干活！"

"是啊！眼泪不听话！"老高也笑。

那天晚上，安那托理的司机开着中型巴士来接大家到新住处去。中国人的队伍被分散开来，安顿在安那托理的六栋住处。李然、小玲和老高等人被安排送去赛尔西镇中心的一个住处。这公寓在街角一个修车厂的楼上。大伙被司机送来这里时，已晚上七点，镇上一个人影也没有。从修车厂往上看，李然可见到二楼那破旧不堪的窗帘在风里飘着。一位俄籍工人在窗边吸烟，他往外看，一见到安那托理的车，他立即把头缩进屋里。

司机下了车，按了门铃，一位淡褐色头发的男人下楼开了门，满身酒味，他自我介绍为阿鲁那斯，说是安那托理聘用的人事经理。他不多说，就领着大家上楼。中国工人从未与非华人经营的中介交往过，大家心里都有些紧张。

上了楼，阿鲁那斯的左手边是一个六七平大的厨房，右手边是窄小的走道，走道两边是卧房。“这里有三个房间，一间是两位俄国人住的。你们七位就自己分配该怎么用两个空房间。你们就在这里安顿下来，明早可能上工。”其他，他什么也没交代，正要离开时，又转过头来对大家说：“对了，你们每个人每周的房租是四十五镑，会从你们的工资里扣除。”大伙听得似懂非懂，那位马来西亚华裔翻译已被安置在另一所公寓，看来，从今起，大家的听力要靠自己了。

李然走进灯光黯淡的厨房，见到两位俄国人正对坐着喝伏特加，房里烟酒味弥漫。他向他们打招呼，看到他们餐桌上摆着一盒盒的色拉。

“这啥玩意儿？”李然问，手指着色拉盒。

“色拉，我们工厂里的产品。”一名俄国人回答。李然听懂了“工厂”这个字的英语——小玲曾从哈特尔浦金管工那里学来的字。

“你们用手做的？”他又问。

“一部分用手，一部分用机器，”那俄国人答道，“每一盒都是不一样的色拉。”

“你没见过色拉吗？”老高笑问，“这儿多的是。”

“见过，但国内西餐厅的色拉不太一样，看起来没这么生。他们英国人真吃那么多色拉吗？”

“是啊，他们和咱们不一样，人家不一定要吃热食，”老高说，“他们英国人午餐经常是三明治和色拉。”

“让我尝尝，行不行？”李然问俄国人，指着桌上的一盒多种颜色的色拉。

那人把色拉盒推到李然面前，还递给他一双叉子。

“多谢！不用叉子，我有这个！”李然从包里拿出了他的筷子，逗得两位俄国人发笑。

中国工人队伍第一回亲眼见到安那托理，是在他“突检”宿舍那天，也就是中国人刚搬进来的第三天。就在两位俄国人准备上夜班时，他们听见锁匙在门上转动的声音。

“一定是安那托理，”一名俄人说，“这不是第一次。”中国工人渐渐才知道，“安那托理”在外籍工人社区里，是个可憎可畏的名字。

平时，安那托理是不与工人打交道的。他把管理的工作交给了阿鲁那斯，阿鲁那斯再将工作下放给每一移民劳工群体里的代表，让他们以自己的语言管理工人。这种阶层式的管理方式对安那托理最有利，它使得他能与工人保持距离，工人有任何关于工资和工作条件上的问题，都无法直接询问安那托理。

此时，他走进宿舍厨房，审视每个角落，然后高声怒斥：“是谁在这里吸烟？”

李然不作声，那是他刚熄掉的烟。安那托理这老板人高马大，粗言粗语，不知他究竟是什么背景？李然打量着他，小玲在旁拉着他的手，怕他回嘴。“沉住气。”她细声以普通话对他说。

安那托理向两位俄国人点点头，就走出了厨房。他连看也没看新来的中国人一眼。视察了每间卧房后，他就离开了。

那天晚上，小玲翻来覆去地睡不着。秋天天凉，房里没有暖气，被子又薄。上铺的李然倒是睡得沉，大概是一天下来折腾累坏了。

第二天早上，李然听见两位俄国人从夜班回来，在厨房用早餐。墙薄，隔音差，他们的交谈李然在屋里都听得见。他起身，一进厨房，见到这两位俄国人又在喝伏特加。其中一位举杯邀请他加入。

“一起来喝一杯！”那人热情地说。

“不行，太早了！”李然指着他的表。

“Breakfast！ Breakfast！”一位俄人举杯说伏特加是他的早餐。

李然摇着头对他俩笑。两位俄人就这么不停地喝。看来，饮酒是他们唯一的消遣，唯一舒解工作压力的方式。和中国人一样，他们不太会说英语，与当地社区完全没有接触和交流，是一个孤立的移民群体。

“安那托理”这个名字又在他们的交谈中出现。“又他妈的拖欠工资！”一位俄人说。原来，前几天，一名阿富汗籍工人去询问中介公司为何拖欠工资，竟被安那托理的保镖毒打了一顿。那位阿富汗籍工人刚来不久，还不知道这里的规矩：工人“没有必要”去向中介询问任何有关工资的事。

事实上，安那托理的公司根本没有注册，也不缴税，但他发给工人的工资单上总列出抽税的项目。工人由于大多无身份，也无从查起。只知自己以各种名义被无理扣薪。拖欠工资更为常事。

两位俄国人越谈越气馁，又再倒了一杯伏特加。他们说，安那托理这恶霸，六年前也曾是生产线上的工人，跟大家一样。只是他是个很有野心的人。几年以来，他费尽心思和工厂建立了良好关系，然后慢慢开始从爱沙尼亚、立陶宛和拉脱维亚各国为工厂招工。

“他现在是这里最有名的爱沙尼亚人。”俄国人对李然说，虽然他一个字也没听懂。“今天，他为工厂提供的劳动队伍是最大的一支，雇有各国工人——俄国人、中国人、阿富汗人、保加利亚人、葡萄牙人等，胜过其他中介。他不仅仅为这个地区的农业和食品加工业提供劳动力，他的企业已扩展到英格兰东部的肯特郡去了。”

“是个超级恶霸！”另一名俄人说。

到现在，人事经理阿鲁那斯还没打电话来给中国工人。一整天，大伙焦急地等待上工。中介公司的一无音讯让大家感到特别不安。

隔天清晨六点，李然和其他中国人突然被从睡梦中喊醒。

李然一睁眼，看到安那托理本人竟站在他跟前，瞪大了眼看着他。“起来！上班的时间到了！”

李然几乎以为自己在做噩梦！安那托理怎么会亲自来叫工人上班？大伙后来才知道，那是因为紧急需要。原来，这种实时的劳力需求是很正常的，其他工人若因各种原因不能上工，中国人就得立即填补空缺。此时，安那托理会自己调动工人。工人必须随时待命，是道地的一支临时的劳动生力军。

七点二十分，大伙被送到了色拉加工厂门口。各国工人也都站在门外等候七点半开始的白天班次。李然和小玲就这样开始了在色拉加工厂每日长达十二小时的劳动。李然从未与这么多人并肩工作过，厂里每日班次都有四百多人。就连以往在国内的铁路公司也没这么多人，李然想，这里的生产量肯定很高。

中国人的队伍被带进了手切部门。在这里，外籍工人的工作是清洗莴苣、甘蓝菜、萝卜、菠菜和其他蔬菜。手切部门的工作较为繁重，这部门里只有外籍工人。当地工人则被领进了机器切割的部门。在那里，工作较轻松，且工时是外籍工人的一半。

安那托理的中介公司在厂里有个办公室，就在手切部门外边，中介经理阿鲁那斯就坐在里面喝咖啡。外籍工人都怕他，怕得罪他。“听他们俄国工人说，阿鲁那斯是‘安那托理的眼睛’，”老高低声对李然说，“他负责管理这里所有的班次，而且还监管安那托理的六栋工人宿舍呢。”

“安那托理手下到底有多少工人啊？”李然问。

“听他们说，工厂和安那托理之间的合同里规定，只需一百名工人，”老高说，“但安那托理这人贪心，这几年来不断地向外招工，为的是多收房租、交通费和其他费用。”

李然听了摇头，想起以前那个林老板。“唉，都一样。这些老板都一样。”

“你看，他不停地向外招工，这儿的工人人数不断增加，但厂里没有那么多的活可做啊！工人人数跟工作量所需人数根本不成比例，所以造成咱们工人长期等工，怎么维持生计啊？”

很快地，李然也开始担忧工作量不够。他们才进入中介公司两周，工作量就从一周五天减少到一周两三天。

“三天打鱼，两天晒网，这样下去怎么挣钱啊？”李然对小玲说。

“是啊，咱们没有一天能知道第二天是不是有活可干。”小玲也担忧。

经常，活不够干的时候，大伙甚至还要轮流上班。这种不稳定性造成大家格外焦虑，一有工作就不分昼夜地猛干。有人甚至一连做了十六天的工，因为不知道工作能维持多久。老高也一口气做了十二天的工，不休息。

因为如此，老高的体力一天不如一天。在农场那些日子，他因收莴苣，强烈的气味造成过敏，患上了哮喘。由于没有身份，难以就医，每此发病只能坐撑一整夜，无法入眠。“我叫我老婆从国内寄来哮喘药，但手切部门里莴苣气味弥漫，害得我病情恶化，那些哮喘药都没效了！”老高回到宿舍时告诉大家。晚上没上夜班时，李然经常听见老高在隔壁房里喘得上气不接下气。

他的弟弟小高想尽办法，比手画脚地，想向管工解释老高的病情，希望能将他调到机器切割部门。但管工怎么就是不明白小高的手势。看着自己哥哥喘不上气，还拼命清洗莴苣，小高心里万分难过。但谁在乎他哥哥的健康呢？谁在乎工人的健康呢？

当地报上写着，乐购这个工厂每天就从色拉加工上净赚八百万镑。它是一九九〇年代响应跨国超市乐购的要求而开设的，它的色拉产品大多供应乐购、莫里森以及麦当劳。报上还说，自一九九〇年代末期——也就是外籍工人人数渐增之时——这色拉加工厂的利润连增了十倍。

“公司这么富，咱们外籍工人却一直拿不到完整的工资。”那天晚上李然对大伙说，“这周，咱拿到手上的只有八十五镑！”

“阿鲁那斯说，那是因为‘国家保险税’扣去了十三镑，还有房租扣去了四十五镑，”老高解释，“今天碰到那马来西亚翻译，叫他帮咱们去问的。”

“这我不懂，”李然愤愤地说，“咱们的税金是怎么缴的？咱们用的都是复印多次的证件，甚至好几个人用同一张证件，这税如何缴？”

“这个，咱们是没办法过问的，”老高叹道，“你也知道，安那托理的保镖，有出了名的暴力记录，什么也不能过问。你没听同屋的俄国人说吗？如果咱们干了六十三小时的活，安那托理给咱六十个小时的工资，咱就该偷笑了！少拿一点工资是绝对正常的，咱就认了吧！”

在厂里，手切部门内的室温非常低，大伙每天都得在制服内穿毛衣、戴毛帽，才能上流水线。不仅是尚未熟悉环境的中国工人，其他移民工人也都一样，每个人都“全副武装”来上班。小玲穿了两件长裤，还是直打哆嗦。中午的半个钟头休息时间，对她来说是一天最宝贵的时候了。她总等不及要在外头晒晒太阳。

大伙决定让李然当代表，去向本地管工反映一下室温的问题。通过马来西亚华裔翻译，他对管工说：“我们不习惯这么低的温度，有没有办法调高一点？”管工根本没考虑，就拒绝了大家的要求。

一个星期后，小玲冻得病了。她发烧，头疼，不能上班。整栋房里就她一人请假。阿鲁那斯不悦地对中国队伍说：“希望这不会再发生！”

那天，小玲在床上翻来覆去地睡不着觉。她起来，吃了两颗药片，喝了碗粥，坐在厨房里，远望窗外的加工厂。大伙都在厂里干活呢，这屋里静得很。她想，这还是头一回这样休息。十分钟后，她满身冒汗，可能是药片的效用吧，她想，要不洗个澡。好久没泡澡了，大伙不在，她将澡盆接满了水，现在她可以完全放松，在澡盆里头闭着眼休息。

热蒙蒙的蒸气让她头昏，再加上刚才吃了药片，一下子，她就昏睡了过去。

瞬间，水竟全退去了，一滴不剩。她惊愕地睁开眼，发现自己竟坐在一片一望无际的大沙漠中。这是一大片的金黄土地，从未见过的辽阔，从未感受过的寂寞！但她突然发现，自己的口很干，唇已裂，这茫茫黄土，该怎么走过去？

她大声嘶喊，有人在吗？有谁在这儿？她真是一个人吗？她要往前走，却一动也动不了！她的双脚，竟陷在这黄土底下，动弹不得！

但这怎么可能？她猛然发现，这必定是一场梦！她挣扎着，要从睡梦中醒过来！而她僵硬的身体却不听使唤，仍动弹不得。难道这是一场醒不过来的梦？怎么有可能？她又大声嘶喊，但她竟发不出声！

“小玲！小玲！”有人在外头不停地喊。是李然。小玲醒过来了。她不知在这澡盆里昏睡了多久。头晕脑涨，她从澡盆里出来，连条浴巾都忘了拿，就打开了门，“对不起，我睡着了！”

李然一下涨红了脸，不敢正视她，但嘴里还嘀咕着：“怎么这么不小心呢？一个人在家，在澡盆里睡着，你溺了水，谁来救你？”

“我知道你会回来。”小玲调皮地应他。全身还发着烧，眩晕的她竟一把搂住了李然，好像这一刻她已等待多时。李然惊讶地无言可对，她紧紧搂着他不放。他无法不看见她，那在澡盆里泡的白里透红的肤色，那披在肩上湿透了的黑发，他更感觉到她温暖的身体，像朵粉红蔷薇样地向他开放。他自然情不自禁地回应着她。他俩就这样拥有了彼此。

自此，小玲更是和李然形影不离。她突然觉得一切有了寄托。她觉得自己特别幸运——在这艰辛的劳动生活里，她找到了伴侣，不再孤独。

“走！我们看海去！”李然对小玲说。大伙等工时，都喜欢去海边散心。他俩更是爱上了塞尔西湾的海。

“看！这些漂亮的海带！”小玲喊着，顺手拾起海岸上一条条宽粗的海带。“看，这么厚，拿回去做晚饭多好！”

老高一下子也拾了一大袋海带，“做卤味吃。”他说。

步行回途上，他们碰见同屋的俄国人。他问李然要不要去附近的露天市场看看，有很多便宜的二手货。这个地区的外籍工人不上工时都经常去那儿逛。中国人的队伍就兴冲冲地跟着这俄国人来到了露天市场。那都是当地人摆的摊子，许多人打开自己的车后，架起了小摊。一眼望去，整个市场有至少五十多辆车在摆摊，是个道地道地的杂货市场，主要顾客群是当地劳工和移民。每台车后贩卖的廉价家电用品琳琅满目。小玲好奇极了，她从没见过英国的跳蚤市场。她盯着一台一九四〇年代的唱片机，“是古董呢！”她说。旁边还有各种挂表，是三十多年前的东西。她爱不释手，但一支表要二十镑。

李然一眼望去，就盯上了一台二手的录像机。他在国内就想拥有一台录像机，一直没买得起。“才五镑钱呢，”小玲在他耳旁说，“你喜欢就买啊。”

自来到英国，李然从未不经考虑花钱。他总省吃俭用，为的就是多寄点钱给父亲。除了食宿，他从未为自己花过钱。不过这台录像机在此时此地出现，似乎有特殊意义——是不是在告诉他，应该将英国的点点滴滴，记录下来？这台录像机，不带它走是不行了。

从这天起，不知怎么地，李然的心情不一样了。等工时，他拿着录像机，和小玲俩沿着塞尔西镇的主街走去。那石砌矮房、小教堂、都铎式酒吧在镜头下好像都被放大了似的。一切迎面而来的事物，都成为被记录的对象。那些原本对他来说没有太大意义的事物，都要重新被诠释。

还有那些推着婴儿车的妇女，她们竟向李然的镜头微笑，从来不曾有当地人对他微笑过。这个镜头竟成为他试图融入当地社区的最佳理由，也给了他与“他们”之间的互动机会。

他俩来到了海滨的卡拉湾区。每年夏天，都有不少本地人到此度假，特别是中低薪家庭，因卡拉湾属于廉价的住宿。

“咱们进前面酒吧看看！”李然建议，“听说前面有家叫作‘摩根船长’的酒吧，里边还可以看足球。”

“我从没进过酒吧，”小玲看似胆怯地说，“咱不会说英语，进去要怎么跟人家说话？那里面都是英国佬啊！”

“你别担心，做什么事都有第一次，对吧？你就跟着我走。没事的！”

小玲就躲在李然的录像机后面，跟着进了“摩根船长”酒吧。“来瞧瞧也好，”她低声说，“都来英国了，应该来看看人家的文化。”

“是啊，考察一下。”李然举起录像机，笑着说。

这“摩根船长”酒吧就位于海滨卡拉湾区旁，由于这里的卡拉湾房租低廉，许多葡萄牙籍工人（有些是拿葡萄牙护照的巴西人）都选择在此居住。这家酒吧也因而时有葡萄牙籍工人光顾。一进门，浓郁的奶茶香味扑鼻，原来是吧台后面的老板在喝下午茶。李然将镜头对准了老板，他正和几位熟客闲聊。他转头打量李然一番，大概在想，这日本旅客怎么用这么老旧的录像机？

旁边坐了一桌葡萄牙人，他们好奇地盯着李然俩。中国人因为语言不通，一般是不上酒吧的。这些葡萄牙人是第一回在酒吧里见到中国人，友善地向李然点头打招呼。

“他们也是在咱工厂干活的吗？没见过他们。”小玲说。

“那肯定是，住这镇上的外国人这个季节都是在厂里工作的。到了夏天，他们就会被送到旁边农场上干活，跟咱以前一样。”

“这些葡萄牙人是怎么找到这份工的啊？”

“听说他们都是一个葡萄牙人经营的中介公司带进来的。听说那中介公司也很黑，诈骗工人的事常有，跟咱们那个安那托理差不多。”说着，李然将镜头对准了这几位葡萄牙人。

“我真不懂，这些葡萄牙人都是欧盟工人，干什么要受这种苦啊？”小玲说，“难道他们没别的可干？”

“我听说他们国内失业严重，到这儿来挣钱养家，跟咱一样。他们不太会说英语，所以在英国也只能做体力活。”

“你们要喝什么？”酒吧老板问。李然走向吧台，想叫杯酒，但不知酒名。他尴尬地指着吧台柜里的威士忌，酒吧老板微笑着，倒了杯酒给他。小玲说她不喝酒，更不想把钱花在酒吧里。

“你看看人家葡萄牙人，辛苦工作的同时，也知道要休息，要放松自己，”李然指着那些围着桌喝酒谈笑的葡萄牙人，“不像咱们中国人，就知道卖命干活！”

有了这录像机后，李然的生活和以前不同了。除了挣钱之外，他有了另一种目标感。这个目标可能对多数人来说都不太重要，或甚至可笑：他希望能通过这种记录，让父母和朋友了解自己的生活，自己在海外的奋斗。

“国内的人，甚至自己家人，不见得能够理解我们在异域他乡所做的一切，”李然对小玲说，“我们如何在社会边缘挣扎，求生存，他们并不了解，他们不懂我在说什么，痛苦什么。”

老高听了也有同感。“唉，这里的一切超过了他们的想象。我老婆很体贴我，但她也以为在国外必定是比国内舒服的。她也不懂咱们为什么那样辛苦！”说着他不禁叹气，“要是晚两天寄钱回去，她就以为我在外头花掉了。她不明白，这里还有拖欠工资的事！她说：‘哪有可能？英国是个先进国家呢！’唉！”

李然摇头叹息：“一流的国家，二流的雇主，谁会相信！”

“我是从来只报喜，不报忧的，不想让他们操心，”小玲说，“他们又帮不上忙，不如不告诉他们。只要女儿乖乖上学，父母安好，我就满足了。自己牺牲也是值得的。要做这些牺牲，就情愿地、安静地做，不让他们知道。”

此时，李然已悄悄地录下了小玲的这一番话。

许华刚到利物浦时，他在这里唯一的乡亲阿方去车站接他。阿方留着长发，披在肩上。“你还挺潇洒的，”许华笑着对他说，“在国内也留这长发吗？”

“没有，是到利物浦才留的，”阿方耸肩说，“这是为纪念披头士才留的啊！“

“你也是披头士迷啊？”许华打量着身着牛仔裤的阿方。

“我哪里是！”阿方呵呵地笑出声，“我哪里会听那些西方音乐！是到了利物浦，才知道披头士的家乡在这里！而且看到大家都很迷披头士，到现在还有一大堆旅客，坐观光专车去拜访披头士的老家呢！我就想，我也来留个长发，表示一下纪念！”

利物浦让许华耳目一新。它的古老风貌立即吸引了他：满街的褐色砖房，窄巷和老旧的民宅区，都散发着萧条而神秘的气息。它和哈特尔浦是多么不同！许华心想：利物浦甚至连气味都不一样。他对阿方说：“这里要比哈特尔浦的人气浓多了！看起来是个充满文化活力的地方！”

利物浦是个以海港起家的城市。它的多文化聚集和它的发展，其实与英国帝国主义的扩张息息相关。十八世纪时，利物浦已是英国与西印度群岛等地贸易的枢纽，并得利于“大西洋奴隶贸易”。到了十九世纪初，百分之四十的世界贸易都会经过利物浦港。自二十世纪中叶海运业和制造业的没落，利物浦才不断走下坡，且有着高于全国平均水平的失业率。至今，仍能到处见到这个城市的没落景象。

阿方领着许华到住处，路过唐人街，它和伦敦的莱姆豪斯（Limehouse）一样，是英国最古老的中国小区。它的第一批中国移民，都是十九世纪期间刚下了船的海员。利物浦的移民人口，许多都源自十九世纪的海运业。这个城市发展成为英国多种文化聚集的城市之一：爱尔兰移民、西印度群岛移民和中国移民都聚居于此。

“你看这唐人街，苍老得好像要倒下了一样，”阿方笑着说，“这里还有几家华人协会，每次我从窗口看进去，里面都没有半个人影，好像他们从不办公一样！”

“是啊，感觉特别冷清。”许华说。唐人街两旁的街道，更有没落城市的萧条感，好几栋老旧砖房外钉着木板，还有数家关门大吉的酒吧。

中国人的住房离唐人街不远，在一个叫作肯宁顿（Kennington）的地区。一排排的红砖矮房，感觉好像进入了一九六〇年代的电视剧一样，看来是一个民风纯朴的劳工阶级社区。

“这地方啊，可说是利物浦的贫民窟了，穷得连猫狗都瘦得跟皮包骨一样！”阿方又笑着说，“我们中国人都在这里聚居。”

中国人居住的那条街，景象更为萧条。好几栋看似废弃多年的老房子，外头堆着无人处理的垃圾箱，满地落叶。阿方领许华进了一栋看似学生宿舍的楼房。这里住了二十多位中国人，一推门进去就见到，大家都一个挨着一个地睡在地上。许华心想，没想到还有比哈特尔浦的住房条件更差的地方。房里多是福建人，大伙以福清话谈笑自如，也有几位莆田人，听到家乡话，许华这才稍放松心情，放下了手上的行李箱。

一位莆田老乡告诉他："大老板是一位五十来岁的利物浦人，名叫彼得。这彼得可不是一般人，召集中国人都从他起头。"

旁边一位福清人说："彼得的本行是经营酒吧和中国餐馆。他的大厨碰巧是福建龙田来的，离我家不远，从龙田来英国的人可多了！通过这个龙田人，彼得才得知我们中国人需要工作。"

"他大概也需要廉价的劳力吧？"许华问。

"那当然了，"这位福清人应道，"他就是要便宜的工人，从二〇〇一年底，要求他的龙田大厨，帮他从各地招聘中国工人来利物浦，然后把大家组成拾贝队伍，供大家食宿。"

"彼得确实是召集中国人拾贝的先锋，"坐在一旁的阿方也强调，"他是创始人。"

许华抵达利物浦的第二天，就见到了彼得，一位看似身体健壮的中年英国本地人。他虽不和中国工人直接接触，也不会说中文，但他似乎会认人，知道哪位工人是刚来的。他见到许华，就点头向他打招呼。许华心想，这人还知道基本礼貌，比那哈特尔浦的林老板要强多了。

由于中国人觉得彼得做人还行，他的名声在中国移民圈子里就越来越大。在他底下干活的人，都会自动鼓励自己的乡亲来利物浦替他干活。许华抵达利物浦几个月后，彼得召集的中国人似乎有增无减，他的三栋房都供给他们住宿，且全部客满。彼得才二十出头的儿子每天负责开车接送中国工人上下班。彼得总自己带队到海上，而且准时得很。他总直接管理工人。刚开始，彼得带队到利物浦海岸拾贝。拾贝工具、衣、鞋，他都准备得好好的，提供给每一个工人。

利物浦海岸那里贝壳量大，且在岸边就能拾到不少。退潮时，阿方总望着沙滩兴奋地对许华说："你看看，这些贝壳像石块一样多！"大伙每天都满载而归。但每天大量的采集，造成了贝壳竭尽。两个月后，拾贝队伍只好往北走，转向莫克姆湾。

许华的生活非常规律，基本上跟着潮水走。大家按照潮水的变化来作息，每天开工的时间也因潮水变化而异。退潮时间每天往后推一个小时。如果当天早晨六点上工，就得五点起床，彼得雇用的厨师为大家做早饭，饭后彼得的儿子立即来接他们去海滩。那是在莫克姆湾上一个叫作巴洛镇（Barrow）的地方，离利物浦有两小时之远。两小时的车程！许华从没有跑过这么远的路去干活。在车上，许华总抓紧时间补充睡眠。坐在旁边的阿方，却喜欢看日出。沿着海岸线走的最后一段三十分钟的车程，是阿方每天最向往的时刻。

他看着旭日缓缓从海的那边升起，海水在晨曦中闪烁，这景象总让他惊叹不已。

巴洛镇是个依山靠海的坎布里亚郡的小镇，镇民不过数千。彼得第一回送中国人来这里拾贝时，引起了不少巴洛镇民的注意，那是镇民第一回见到一队队的中国移民。

巴洛镇这边的海岸，似乎比利物浦海滩更辽阔，好像要容纳更多的中国拾贝工人一样。许华第一天在那里上工时，飘着小雨。他跟着大伙来到岸上，穿上雨衣、雨鞋，走向海湾。退潮时，可见遍布十里远的沙滩。一眼望去，拾贝工人们好像已走到了对岸。男男女女一个个跪在灰沙中，拼命地翻挖出一颗颗黑亮亮的贝壳。几个钟头后，阿方说他很累："虽然小学时就开始做体力活，挑水、种地都干过，但这个海岸的拾贝工作要比那时的体力活都累。"话虽如此，阿方拾贝的速度比谁都要快。

"你家是种地的啊？"许华问，"你是为什么出来打工？"

"唉，我们那个村的地，大多被开发商拿去盖什么商业大楼。我们村民根本没法抵抗，不但这样，我们村民没拿到一分钱的赔偿，还去请愿，求他们给赔偿。后来给了一点，但都不够家里生活。我和我弟两人就跟着别的村民一块，都出国打工了。"

"你弟也在这里拾贝？"

"没有，他早我出发，但没来成英国，在德国等了好几个月，最后等不下去了，就决定跟他朋友转程去意大利的米兰了。”

“米兰？在米兰做什么工作啊？”许华问。他曾听说过福建人在意大利各城市闯天下，但他对那个国家是一无所知。

“他现在在那边皮衣厂工作，”阿方答道，“皮衣厂都是浙江人开的。听他说工资很低，比这里还低！不过，算是稳定。还行吧。”

彼得每日根据潮水表，告知大家潮水时间，他不愿把这个重要的责任转交给其他人。每日收工，收取贝壳时，他也会告知大家明天的潮水时间。每八个小时潮起潮落，每个班次最安全的是做四个小时。如果早上八点开工，彼得中午十二点就会喊大家停工。

“说真的，彼得算是比较有良心的老板，”阿方说，“在其他队伍里，你做了六个小时才被叫上岸。”

中国工人们和彼得之间的沟通，总要通过会说一些英语的中国人，这些人也渐渐成为他的“传话人”。日子久了，“传话人”就自然地成为彼得底下的助手——小工头，这是份很让大家都羡慕的角色。这些小工头就负责帮他向外地召集更多的中国人来打工。彼得的队伍就这么扩大起来了。

这些中国小工头的主要工作，是负责登记拾贝的数量。工人上了岸，他就一袋一袋的数，看拾了几袋。然后按照袋子数目计算，晚上给工人发工钱。拾满了二十五公斤，这一袋沉沉的贝壳能够换来五镑钱。后来，拾贝业者增多，竞争越来越激烈，一袋贝壳涨到了六七镑。

许华刚开始经验不足，一天仅能拾到五袋，总共也不过挣到三四十镑。阿方催他动作快些，“这就像挖花生一样，一壳壳地从沙里挖出来，很简单。”许华就看样学样，后来慢慢熟悉了，快了，就稍微挣得多些。

巴洛镇海滩当时拾贝人数增加之前，贝壳量很多，生产量高。夏天白天时间长，有些拾贝业者要求工人一天做两个班次。许华听另一队伍里的一位老乡说，他们晚上七点退潮时立刻下去拾贝，做两三个钟头后上岸。夜里就睡在岸坡草地上，第二天早上天还没亮时，再下去拾贝，做到上午十一点或中午十二点收工。或者，早上轮一班，晚上再轮一班。那位老乡说，根据潮水变化规则，一个月里有大约十天可做日夜两个班次。

“咱们彼得比较有良心，没要求连班，我可不想在岸上过夜！”阿方对许华说。

第三章 无底黑洞 ——赛特福德

安那托理招聘的工人人数，远超过工厂所需人数。李然和小玲很担心色拉厂的班次不足。该如何增加收入呢？塞尔西镇上没有他们能做的工作，似乎也没有他们能填补的劳力空缺。不过，有无可能在镇上餐馆或娱乐场所里找份兼职呢？小玲在想。听说厂里的东欧工人等工等慌了，现已开始在镇上酒吧里打工，但中国人语言完全不通，再加上没有证件，连一周几个钟头的体力活，都恐怕很难找到。

现在情况又有了新变化。"情势越来越不利了，"老高从厂里回到宿舍时，忧心忡忡地对李然说，"大伙都在谈论，再过几个月，欧盟就要扩张了，东欧各国，如波兰、立陶宛、拉脱维亚、爱沙尼亚、斯洛伐克、斯洛文尼亚、塞浦路斯、捷克、匈牙利等国，都将加入成为欧盟的一分子。瑞典、爱尔兰和英国三个国家，要从二〇〇四年五月一日起开放劳力市场给新欧盟国家的公民。咱们就要被取代了！"

"是真的吗？"李然皱起眉头，紧张起来，"我听过风声，但不知这趋势是不是真会影响到咱们？"

“那是一定会的！”老高说，“现在才秋末，大伙就都急着到外头找工作了！那些巴西人都准备要走了。你想想，咱们情况会比他们好吗？”

“你是说，目前在厂里的工人，全都准备要离开？但厂方能在这么短时间内招聘好几百名工人吗？”小玲问，心里仍不愿接受必须离职的事实。

“已经在厂里工作的一些东欧人如波兰人、拉脱维亚人、立陶宛人、爱沙尼亚人，他们都不需离职，就只有没身份的工人得卷铺盖。欧盟的即将扩张，对厂里那些东欧人来说，是一天大喜讯，”老高解释，“本来没有身份的，偷偷摸摸打工的东欧人，现在可准备合法化，也就是说，他们会被给予和欧盟公民一样的权利。虽然他们在英国工作还是需要向移民局登记，但基本上，他们和其他欧盟公民没什么两样。多让人羡慕啊！”

“是啊！”李然应道，“我在厂里听说，农场和加工厂里的那些快要加入欧盟的东欧人，都纷纷准备要求提高工资了！”

“没错，也有不少人计划带进他们的亲友。他们从明年五月一日起，就是完完全全合法的劳工了。这里以后就一定是他们的天下了！”

“咱们到底怎么办呢？”小玲问。

“看样子，咱们是要越走越‘地下’了，”老高又叹道，“欧盟扩张的同时，听说英国政府必会加紧打击黑工。新欧盟工人会大批地进入，业主不担心招不到工人，所以都会尽快解雇黑工，清除‘坏成分’，以免被罚款。”

“但咱们还是厂里最可靠的临时劳动力啊，”李然说，“他们舍得吗？”

“不舍得，也得舍得！”老高说，“大伙都已感觉到，厂方和中介公司的态度已在转变。安那托理利用此时机，更加压低了咱们无证工人的工资，包括那些还没有加入欧盟国家的工人，比如保加利亚籍工人。”此时的保加利亚籍工人多以自雇人士或学生签证来到英国，之后超时打工，成为无正式身份的移民。在英国，他们和无证的中国移民一样，多从事最低薪的服务业、农业和食品加工业。

“现在在色拉厂，听他们说，安那托理肆无忌惮地将保加利亚工人的工资减至一小时三镑钱，”老高说，“有些保加利亚人认为这是他变相的裁员方式，也有人说安那托理是想试试他究竟能压工资压得多低。这儿是他的天下，规矩都是他订的，厂方是不会干涉的。那些保加利亚工人都喊他‘黑帮老板’。”

“我估计安那托理只是在等待最佳时机下令遣散我们。”李然气馁地说。在失业的危机下，大伙开始四处找工。老高向伦敦的天津老乡求助，他在伦敦有不少熟人，多在工地做装修。老高和弟弟小高一下子就被招进了北伦敦的一个印度籍老板经营的工地。小郑虽没干过装修，但他觉得自己做体力活肯定没问题，决定跟着老高上伦敦。

李然在伦敦没有熟人，也不懂装修。他听说东英格兰的东安格利亚那里的食品加工厂多年来一直在招中国人去打工。一位老乡介绍他联系该郡金斯利镇（Kinsley）的一个中国工头，那工头送许多中国人进了当地的食品厂和花厂。李然听说，国华的妻子就在那儿的花厂做工。这位工头姓林，嗓门特别大。李然在电话上询问工作时，他以浓厚的福建乡音对李然说："我们这里没工！花厂全满了！虾厂也不缺人！你去诺福克郡的塞特福德镇那边试试吧！"他说着把塞特福德工头的电话给了李然，"他叫小吴，我们老乡。你试试！"

诺福克郡的加工厂同样依赖移民劳工。过去五六年来有不少中国人在那儿干活。李然立即拨电话给工头小吴。而小吴在电话上的口气冷淡，但"规矩"交代得很清楚："你们准备自己的难民纸，还有中介费，一人两百镑。周二我去伦敦办事，我们可在维多利亚巴士站见。我到时带你们来塞特福德。"

李然和小玲立即搭夜车离开了塞尔西镇，那弯曲的乡间小道此时在深冬的朦雾里显得格外寂寞。他们知道，在英国的日子将是一次又一次的道别和重新开始。没有任何情境是持久的，没有任何人是可以依赖的。他们的未来，就像那雾里的乡间小道，见不着前方，但却必须继续往前走。

为了准备难民纸，他俩来到了伦敦。这还是他俩第一回能看清楚伦敦的面貌。按照一位做装修的天津老乡的指示，他俩上了伦敦地铁，坐“黑线”（老乡不知地铁线的英文名，只好以颜色来记忆），往北伦敦快到底站的一个小镇去。一路上，车厢里酒味浓厚，原来是几位青年在饮酒，高唱足球歌。他们的声音越提越高，表情激动，可能是球赛刚结束。小玲不敢正眼瞧他们，因为听说过英国足球迷围殴路人之事。

下了车，他俩又照指示，找到了老乡的住处——一栋破旧民房。老乡是那里的二房东。三房两厅的屋里，住了二十五位中国人。他们甚至在后院里搭起了一个两平方米的小木屋，里面住了一对男女。李然和小玲一进那老乡屋里，就一阵浓烟扑鼻，让小玲感觉要窒息。四个男人坐在下铺上吸烟，聊天。其中一位北方腔的中年男人告诉李然：“千万别在中国餐馆里找工！那不是人待的地方！”

他说着伸出胳臂，让李然看他的伤口。“你看，这是在餐馆厨房里拼命干活的结果。更糟的是，我刚被餐馆老板解雇，理由就是我被烫油烧到手，要求老板放我一天假，触怒了他。你知道他怎么说？他说：‘你自己动作不小心，还好意思想放假，你就不用回来了！’这就是餐馆老板，知道吧！”

那二房东乡亲坐在一旁，摇头叹息。他是老高的朋友，来英有两年了，经常替大伙复印难民纸，也就是二〇〇二年以前内政部发给所谓政治庇护申请者的文件。很多工作场所接受这样的文件，作为移民身份的证明。许多中国人就拿着这种文件求职。每一张难民纸，这位天津老乡收费五十镑。

李然和小玲向他买了两张。

隔天下午六点，他俩按约定时间来到维多利亚站，等待工头小吴。“听他说话的那个油腔滑调，就知道他不是什么好人，挣咱们黑钱的，这些工头都不是好货。”李然说。他来到英国后，最憎恨的就是中介这种角色。

“但再怎么说人家也给我们介绍份工作，不是吗？”小玲答道，“不然，咱们到哪里寻职呢？又不能直接去英国的职业介绍所登记，我们没身份，就只能通过底下的工头。”

“是啊，这么说他还帮了咱们，算是个恩人了，”李然讽刺地说，“说真的，这位恩人还不知长什么样？这里来来往往的中国人这么多，怎么辨识出他来？”话还没说完，一位戴着黄色鸭舌帽，身着土黄色博柏利名牌大衣的中国男人正向他们走来。

“那个活像侦探的男人，该不会是他吧？”李然问。

那确实是小吴。一见到李然和小玲，他就歪着头，从上到下地打量他俩。他嘴里叼着烟，手上戴着劳力士表，全身打扮散发着暴发户的气息。

“就是你啊！”小吴对李然点点头，然后开门见山地问，“你们俩难民纸都带了吗？”

“都准备好了，”李然答道，盯着小吴的黄色鸭舌帽，禁不住想笑。这身打扮，是不是从比利时侦探波洛那儿得到的灵感？

“等一会吧，车马上就来。”小吴坐下来，每两分钟就不安地查看时间，不知是心急要赶着离开伦敦，还是在欣赏他手上那支劳力士表。十分钟之内，他连吸了两根烟。

一上了巴士，小吴就选择司机身后的座位。他跷起脚，在手机上玩游戏。窗外开始飘雨，巴士驶出车站，沿路又是一个个浸在雨中的英式红色电话亭。“我常跑伦敦，熟得很，”小吴突然打破沉默，对身后的李然说，“我在这里有很多项生意。”

“是吗？做什么生意？”李然问。

“我替人家办护照。一本护照四五百镑，我每个月都得来伦敦几次。我在金斯利那边也有很多护照生意。知道金斯利吗？是诺福克郡的大城。哎，到处跑！”小吴耸耸肩，一副生意人忙不过来的无奈。

“在塞特福德就你一人在招工啊？”李然问。

“是啊，几年前是个湖北人在做。我一进入塞特福德就把他生意全拉走了。那人的人缘没我好！”小吴得意地笑出声，“你们跟着我是没错了！”

李然不作声。他心想，这人说话比他个子还大。毕竟是做人力买卖的！小玲只望着窗外看，巴士正驶向高速公路。

“你可别看我现在做生意，我以前也是穷苦家庭出身的，”小吴突然放下他的架子，告诉李然，“我老家在福清乡村，种田的，过去生活很艰苦。”

“会出来闯的，在家都苦过！”李然应道。

“我是不怕苦的，”小吴低声说，“怕的是家庭不和睦，我从小就没享受过一天的父爱、母爱。我妈过世早，我父亲非常严厉，脾气暴躁，小时我常被他打骂。”

李然看着小吴的表情，想象一个福建农村长大的孩子。

“有一回，我父亲又发脾气，把我打伤了，我愤而离家。我心想，爱孩子的父亲是不会这样打孩子的。自那时起，我就在外闯天下。”小吴的声音里充满了被遗弃的孩子让外面的世界磨炼出来的倔强。

“你从那时起就没回过家？”李然问。

“对，赌气，就是不回去。后来长大了也从没想过家。”小吴耸耸肩。

“你在国内从事什么行业？”李然又问。他不禁对这位福建人感到好奇。

“我什么投机生意都做过。甚至还印过假钞，”小吴笑道，“有一次差点被警察开枪打死。”

小玲此时往前看了小吴一眼。她从没听过印假钞的通缉犯“现身说法”。他脸上并没有一丝羞愧。被通缉对他来说听来像是件趣事。这人究竟是什么来头？他真是如他所描述的吗？但小玲的注视让小吴感到不自在。这名陌生女子为什么对他的经历产生了兴趣？她在想些什么？他的脸颊顿时感觉热了起来。

“你们知道，这一切都是为生存啊！”小吴说，回头看着小玲，“这五年来，我慢慢建立起自己的人脉，好不容易在英国东部各城市从事‘身份制造’业，就是我刚才说的，买卖护照，替人‘做身份’。这虽利润高，风险也大。不过，说真的，这也是为同胞服务，对吧。大家有身份，才有好一点的发展。”

小玲点点头，没说话。她对小吴这样的浪子总抱有一些怜悯。她想，没有人能选择自己的出生和背景。小吴的思想和作为，也是贫穷的成长环境塑造出来的。她感觉，这浪子再坏，也有他的勇气，他那种不服输的倔强，就是他的本钱。小玲很想了解他的心路历程。

而小吴打这一天见到小玲，就有种想和她“搭伙”的冲动。小玲有种吸引着他的特质，那充满女人味的包容和开放的社会态度，似乎使她与众不同。小吴没有接触过东北女孩。事实上，对许多福建人来说，“东北”是个很朦胧的概念。是来到了国外，才有机会面对面地与一个东北人交谈。小吴不知道，小玲的不凡气质是不是真是东北人特有的。他只知道，每当小玲开怀大笑或会心地看着他时，他心里就一阵温暖。

近午夜，巴士到达了塞特福德，一个完全陌生的英格兰城镇，迎接他们的只有夜里的冷风。他俩安静地跟在小吴后头，沿着公路，在漆黑中走向郊区。似乎越走越荒凉，民房越来越少。他们究竟要被带到何处？小玲心里特别不踏实。她紧挽着李然，不敢落在后头。

步行二十分钟后，左边出现的是一排排的地方政府住房。小吴指着前方一栋两层的、不怎起眼的灰旧楼房，说那就是大伙的住处。“我们房东是个英国佬，”他说，“他让他的中国老婆管理我们，向我们收房租，每周收一次。”

一进门，就是一条狭窄的走道。“我不开灯了，怕吵醒大家，他们都睡了。”小吴说。这屋原是三房两厅，英国房东已将楼下的客厅改修为五平方米的卧房，为的是租给中国人。“房东他知道我们中国人人多，知道我们为了节省，都住在一块。”小吴说。

“我们睡哪儿？”李然发觉卧房里根本没有足够空间容得下他俩。

“就那边，”小吴指着一位已睡了的中国男人，“他旁边还有位子。”那位子根本不够两人睡。

见李然说不出话，小吴连忙解释：“这里人满为患，因为大家都在找工。明白吗？”

李然仍不作声，把行李放在一旁。一眼望去，他见那房里有六人，都睡在地铺上，只有小吴有张床。

“你们俩的行李就放在我衣橱里吧！”小吴说，“这里一切简单，你们就将就点吧！”

小吴第二天早上做的第一件事，是为小玲做早饭，福建海鲜面。同屋的中国人都看傻眼了，小吴在这里是公认的自私，从不分享自己的食物。这是第一回。小吴在厨房时，其他中国人都会尽快回避，大家都对他敬而远之。他在大家眼里，是个乘人之危的机会主义者，在无身份的中国移民之间谋利。这屋里的中国人有一半都是他招来的，他向他们收高昂的工作介绍费，一人两百镑。而屋里另一半的中国人，是小吴的结拜兄弟老林招来的。他们之中有好几位无法在第一周内缴完介绍费；老林说，第二周才缴费的，必加利息，要缴两百五十镑。就这样，许多人才来到塞特福德，就开始负债。而他们在国内都还有一笔债要还。

“尝过我们福建菜吗？”小吴把福建海鲜面摆在小玲面前。李然此时走进厨房，小吴勉强地也请他坐下来吃面。

“这么招待啊，不好意思。”李然讽刺一句。

“让你好好吃了早餐，我们去塞特福德镇中心的职业中介公司那里登记。”小吴立刻板起脸说，“别忘了一个人要缴给我两百镑介绍费，还有房租每人一周三十五镑。房东老婆很快就要来收钱了。”

李然连头也没抬起来看他一眼，匆匆地吃完了面，就走出了厨房。

李然对小吴有种直觉的不信任，但这两百镑的费用又不得不给。他从行李箱里拿出他目前的所有积蓄，仅有三百五十镑。小玲身上也只剩三百镑。缴了费用后，他们估计能维持大约一周的生活。李然盘算着，如果中介公司不马上提供工作，他们的生计将陷入困境。

李然硬着头皮，把两百镑的介绍费交给了小吴。小玲把她的费用递给小吴时，他轻声对她说："你要是愿意的话，可以慢慢来，不用一次付清。"

楼上一个看似四十多岁的男人穿着睡袍走下楼来。李然一见他，就感觉他不是在这儿干活的。哪有人还有闲钱买睡袍穿？看他中年发福，啤酒肚那么突出，慵懒的样子，就不像是做工的。

"这是我哥。"小吴介绍。

那男人向李然和小玲点点头，说："叫我老林就行了。"

原来他跟小吴一样，是这儿的工头。他和小吴两年前成了结拜兄弟，经常合伙做各种买卖，比如做护照交易。最近这一年来，老林在塞特福德越来越被当地中介公司重用，招工越来越忙，所以大部分的护照交易他就放手让小吴去做了。

"楼上厕所又是谁没冲水啊？"一个尖锐刺耳的女人声音从楼上传来，让小玲听得毛骨悚然，"我说过多少遍啊？这些农民！教都教不会！"

"那是我老婆！"老林笑着摇头，就上楼去了。原来，那女人就是小吴所说的房东老婆。她是上海来的，名叫小燕，本来是在伦敦学语言的，后来朋友介绍，认识了当时在伦敦出差的老林。两人打得火热，最后她就放弃了学业，跟着老林来到塞特福德。没想到，才来到这儿两个星期，她就在一家超市里认识了山姆，一个四十多岁的本地人。他看上了小燕，猛追求她，小燕看他有两栋房子，还有两部轿车，就决定背着老林与他交往。

但山姆越来越认真，说要娶她。小燕喜欢老林，却又不愿放弃这英国佬可能带给她的财富，决定一五一十地告诉老林。老林虽大吃了一场醋，想想却觉得小燕的话挺有道理，经济考虑长远，就答应跟她一块计划，整这英国佬的钱。他俩决定，由小燕玩美色计，跟山姆订婚，主动提出租房给中国人的想法，并为山姆负责收房租。说是替山姆挣钱，其实利用山姆和中国人之间的无法沟通，从中取得利润。她也正计划，与山姆结婚后，想办法将他的两栋房转移到自己名下。同时，她对山姆说，现在他俩才订婚，先不能同住，不然会引人说闲话。她说，她得继续和中国人住在一块，这样他们才不会把她当外人看。事实上，她每晚都和老林睡在一张床上。这是大伙不敢谈论的公开秘密。

上午，小吴领着李然俩走进了塞特福德镇。跟在小吴身后，他俩沿着主街走。街上人们悠闲地购物、遛狗，生活步调缓慢的像是一幅中世纪的小城故事图画。这个古色古香的小镇，却以它周围的工业著名，它有发达的培根及牛肉食品加工业。这些工业也引进了许多移民劳工，他们成为这个古镇的现代风貌的一部分。在镇上的每个角落，都经常可以看到来自各国的移民。

小吴代为招工的这家名为伯坦斯的职业中介公司，是这个地区最大的职业中介，长年来为各大食品加工厂提供劳动力，它在英国上下九十五个城镇中有两百个以上的分公司，规模相当大。该公司目前登记有两万多名劳工，多来自巴西和其他南美洲国家。自本世纪初，这家职业中介发掘了中国移民这支新的劳动队伍，十多年来，他们通过中国工头向外不断招揽中国移民。小吴就是在过去几年之中为伯坦斯引进了一批又一批的廉价劳工。公司让他向中国移民径自收费。

“你们大概才到英国没多久吧？不知道这里人做事的方式吧？”小吴介绍，“这家职业中介有个不成文的规定，就是中国人来登记做工时，应带点小意思，表达对公司的感谢。”

“什么小意思？”李然问。

“你们身上要准备礼金，带点香烟，塞点钱。懂不懂？就和在国内一样。”

“这是谁订的规矩？我们身上的钱，差不多都全交给你了，哪里还有钱去贿赂英国人？”李然愤愤不平地说。

“你自己决定吧！”小吴耸耸肩，又点了一根烟，“你跟我生气没用，这规矩是英国佬订的。你不贿赂他们，他们没办法让你早点上工。他们这里找工的外国人多得是，不缺你一个。知道吧？”

“这种额外开销是经常需要的吗？”李然担心起来。要是每周都得贿赂这些中介，他怎么能在这鬼地方待下去？

“这种事情没有明文规定，我已经说过了。你要想多干活，就经常给他们塞点钱。两个星期一次，三个星期一次，随便你。”

“我们就照当地规矩来吧，”小玲轻声对李然说，“我们没有力量去跟人家争。”

“你就是会逆来顺受，让我难受。”李然忍不住说了小玲一句。有好一阵子了，他感觉小玲似乎愿意接受一切不平等待遇，从不去争取自己应得的。“你这么温柔地对待别人，人家可不温柔对待你！”

小玲低下头，不作声。一分钟后，她转过头冷静地对李然说：“我年纪比你大一点，生活经验应该可以说比你稍多些。如果你改变不了外面的世界，你就得改变自己。我在英国学到的，就是认识到自己的位置。人要是自知，那就不会有偏差的期待和憧憬。”

李然认真地听她说。他知道小玲话虽不多，但说出来的都是真心话。虽然他不赞同小玲的“宽容”态度，他还是点了点头。

“你看多少中国人来到这儿，调适不过来，理想和现实差距太大。人得先认识自己，才懂得怎么面对别人，对吗？”小玲又说。

李然再点点头，不回话。他明白小玲有她的道理。

伯坦斯职业中介公司坐落于镇中心的一栋都铎式矮房内。这矮房外头漆的是粉红色，都铎式的迷你窗口，深褐色的斜顶，看起来像座童话世界里的糖果屋。谁都不会猜到，这其实是提供劳动力的人力市场！

一进门，他们见到许多移民工人坐在等候室里，面容沉重。“他们多是巴西来的，都没身份。”小吴说着，领李然俩坐了下来。李然凝视着周围坐着的满脸倦容的男男女女，想象他们在这个国家是怎么过日子的。以他们简朴的穿着和焦虑的神情看来，他们必定是承受着相当大的压力，以廉价劳力换取家人温饱。他看着一位中年妇女，心想，她至少有四五十岁了吧？家里不知有几个孩子？

“轮到我们了。”小吴喊道。李然俩跟着他走到中介办公人员桌前。

那看来三十出头的女性办公人员，以一种不屑的眼光打量着小吴：“你啊！”

“我带来两个中国人，”小吴竖起大拇指，一字一字地用英语说，“他们工作速度很快，很勤劳！”

“像你一样？”那办公人员斜着眼，讽刺他。小吴原来也是这里登记的工人，但从不去工厂上班，后来改行做拉线的小工头。日子久了，拉线的生意越做越大，他在这个地区也逐渐成为公认的中国工头了。

小吴不理会办公人员的轻蔑口吻，只将李然俩的难民纸从博柏利大衣口袋里掏了出来，摆在办公桌上。“你登记一下。”他收起笑容对办公人员说。

那人不作声，慢条斯理地将难民纸上的名字输入计算机。

“什么时候可上工？”小吴问她。然后，他转身问李然：“刚才叫你准备的礼金，你有吗？”

李然摇摇头，耸着肩说：“没钱贿赂，老大。”

“那后果你自己负责。”小吴说着，领着他们出了办公室。

果真，如小吴所警告，在接下来的四天之中，中介公司杳无音讯。与李然和小玲同屋的一位上海人老张告诉李然：“我在送礼金之前也是一直没活可干。他们鬼子就是看我们走头无路，只能靠他们，所以尽量在我们身上多刮点油。”

这上海人老张在国内是下岗工人，也是借了大笔钱才来到英国。现在还在还债。他对李然说：“失业后没有依靠，连病都看不起！外出打工是迫不得已，我们得依赖自己的力量，寻求新方式来负担生活。”

“你们在上海也这样？我以为上海是多么繁荣。”李然说。

“咱们没有必要去高谈上海的繁荣，更不需要像有些人，不得不来英国讨生活，还去假装家里有个游泳池。大家心里都明白，只有一件事逼迫我们离乡背井，那就是贫穷！下岗工人都有家得养。我儿子目前在大学里念书，我要为他提供最好的教育。他很聪明，很上进，就是生错了家庭！我看到他就满心愧疚！我出国前就发誓，一定要尽己所能，给他好的生活，他需要什么样的支持，我就得给他什么。”

李然频频点头。老张又说：“来到英国，让我看到很多过去没看到的东西。中国内地有上百万人从贫穷的农村，大老远来到上海谋生。他们是上海最低薪的工人，劳动条件毫无保障，生活条件也最差。尽管他们如此出卖劳力，他们在上海这个城市里一点地位也没有。但不只是他们农民工啊！今天上海像我们这样的贫穷城市人，也同样离家讨生计，远走西方！因为我们的城市已养活不了我们。今天，我们在西方面临的一切，不也和上海市里的那些农民工一样吗？”

小玲说她也有同感：“以前在国内从没注意到，在沈阳有那么多农民工，做最廉价的体力活，甚至干完了活，还拿不到工钱。到了英国，才发现自己在这里的地位，就像沈阳的农民工一样。没有身份，没有权利。”

四十多岁的老张已在英国从南到北漂泊了一年。“这一年，我老了很多！没有什么活没干过！”他说。皱起眉头时，额上的纹特别深，“最初，我们在普利茅斯区的一个花场里工作。咱们城市人没干过这种活，都很吃力！一百株的百合花，需三小时才能摘到，而我们的工资是每一百株才三镑钱。这工作不但挣不到多少钱，还是季节性的。没工可做时，我们就得离开，到别处找工。”

说到英国种种，老张忍不住要谈到楼上的工头老林。“那老林，真不是个东西，介绍费我就欠他二十镑，他竟收我利息！我身上就剩三十镑了，还在等工，他老林每天催我要钱！”

李然听了难过，但不知如何安慰焦虑的老张。“出门在外，都不容易，但就有这些中国人，乘人之危。”

“在英国已经够压迫了，这些工头还再来压迫咱们，他们不知道，我已到了承受的极限了。”老张说着眼眶都红了。

“中国人就是一盘散沙，”李然叹道，“如果咱们大家都能团结起来，力量必定会很大。不幸的是，咱中国文化有些劣根性，我们之间就会搞内斗，致使我们工人的力量更薄弱，难怪会在英国这鬼地方受压迫了。”

老张频频点头。“咱们的地位低下到了必须行贿来保障工作！真是可悲至极！送礼金这规矩，是公司特别为中国人定的，没听说过南美洲的工人送过礼金。公司办公人员知道中国人多带现金在身上，又不会说英语，较容易唬骗。更何况，中国工人还有中国工头压在上面。”

数日后，中介公司仍无消息。“我们缴的中介费是干啥用的？你说这小吴是做啥拉线工作的？”李然对小玲说。其实那天，小吴一早就出门了，他告诉小玲，他得去金斯利一趟，去给人办护照。

“他傍晚回来，到时候我们再叫他带我们去公司，催他们给工。”小玲答道。

“这屋里就你一个人知道小吴的行踪了，”李然知道她和小吴走得越来越近，忍不住讽刺了一句，“看样子，你是成了他秘书了。”

小玲没应，她知道李然在生她的气。但她感觉小吴并不像大伙形容的那样坏，他只是运气不好。在小玲眼里，他充满野心，想要有一番成就，只是没受过什么教育，走歪了路。

小吴傍晚真回来了。他问小玲："你们不是在三星那个厂干过活吗？认识国华的老婆吧？"

小玲点点头。

"一位在金斯利花厂干活的老乡今天告诉我，国华的老婆出了意外。在流水线上，她为了加快速度，不小心衣袖给卷进了传送带，手臂受了伤，送医急救。"

小玲和李然俩都张大了眼。"她出院了没？"小玲问，"她现在怎么样了？"

"她刚出院，好点了。花厂因为她以前工作勤快，让她回去流水线上做工。"

"厂方有没有负担她的医药费用？"李然问。

"没有。厂方不愿负担任何费用，说她没身份。"小吴答道。小玲看着小吴的神情，他似乎也流露出对国华妻子的同情。

国华妻子自离开哈特尔浦后，就一直在金斯利镇打工。她从不提过去，也不告诉任何人她是什么原因来到英国的。她不愿让人以不同眼光看待她。默默地，她每周六天在花厂拼命地干活。她不愿像有些同事那样争取高一些的工资，也不埋怨工时长，她就像她死去的丈夫一样，谦卑地接受自己的命运，在逆境中求生存。她经常想起丈夫过去常说的一句话："咱是农民啊，是改变不了的事实啊！"

到金斯利镇的头一个月，国华妻子原本和其他十多位中国人住在一块。日子本来简单而平静，直到有一天，大伙在用晚餐时，突然听到窗户被砸破的响声，接着，一个燃着火的纸球被扔了进来。大家惊叫成一团，想知道是怎么一回事，却没人敢靠近窗户，一分钟后，又一个火球被扔进来。

大伙那晚都睡不着觉，生怕入睡后又会有人扔火球进屋，造成火灾。第二天早上到了花厂，他们把这消息告诉了同事们。一位同事说，这是种族主义的袭击，是当地青年排外，意图造成骚动，让外国人搬走。听那同事说，他过去在南伦敦干活，知道那里曾有排外的本地青年扔火球之事。有一次引起火灾，造成外籍居民被烧伤。国华妻子和同屋中国人听了更加担忧，看来这事不会那么容易就结束了。

果真，对国华妻子那栋房的袭击，一周必会发生一两次。大伙下班回家都提心吊胆，生怕在路上遇见这些肇事者。他们知道是本地青年结党肇事，但不知究竟是何种背景的人，会这样挑准了中国人的住处袭击。他们究竟是什么心态？国华妻子万分恐惧，她害怕最坏的事还没发生。

大伙当然都不敢报警。而且，他们听街尾的中餐外卖店店主说，报警也没有用。"好几次，那些无业青年没有事做，到我店里找麻烦，有人在地上撒尿，你们相信吗？竟有这么没教养的青年！有人砸我玻璃。我们每次报警，警察都不来！我们对这些骚扰真是束手无策啊！”外卖店店主感觉，当地青年专挑中餐外卖店，因为他们认为华人可能不太会说英语，投诉或报警的可能比较小。

后来，国华妻子和同屋中国人在华文报上得知，在曼彻斯特市郊，一位四十多岁的中国外卖店店主被一群本地男女围殴至死。那些凶手竟都是十四五岁的少年！在之前数月中，他们曾不断地破坏外卖店店面，店主报警多次，警方总置之不理。最后，面对这些少年的再次袭击，店主只好自己出面，试图赶他们出去。不幸的是，他一个人抵不过他们高大的五六人，在他们乱棒下被打死。

金斯利的中国人听了都非常恐惧，因为他们知道，对中国人的袭击并非特例，而且在这些事件中，曾有人伤亡。更让他们害怕的是，执法人并不站在他们这一边。警方是不会为他们提供任何人身保护的。国华妻子在丈夫死亡的阴影下，对于外在的一切伤害特别敏感且畏惧。她感觉，当地青年针对的是中国人，因此中国人的住处是最不安全的地方。她四处打听，询问当地住房，想办法搬走。花厂同事告诉她，可以在商店的窗外看到许多住房广告，中国人通常不这样找房，所以这些地方不会有中国人聚居。国华妻子听了，每天下了班就去大街上找商店广告。她抄下广告上的电话号码，然后拿到厂里，请一位懂一点英语的管工帮她打电话给房东。最后，她找到了新住处，和一位本地的女房东同住，心里也感觉安全多了。

隔天早上，小吴问李然："你准备好送中介公司的礼金没有？"

"我准备了些烟，还有三十镑。"

"太单薄了，"小吴答道，"人家都是给五十、一百的。"李然拿不出更多了，小吴同意带他俩去试试再说。

一进门，公司经理史蒂夫·伯里碰巧也在，他向小吴点头打招呼。"这是公司最会收贿的老大，"小吴告诉李然，"你看他西装笔挺，彬彬有礼，绅士风范，收起钱来可是狼吞虎咽的！"听说，史蒂夫·伯里还喜欢中国人冬天到他家送衣物。小吴每到圣诞都得送他中国年货，为了讨好他，好让他年初时继续合作，招聘中国工人。

在史蒂夫·伯里面前，小吴将礼金取出，呈给了办公人员。她乐得合不拢嘴，从容地把礼金收下。然后，她迅速地在计算机上搜寻一番。"你们俩今天下午去葛兰平上班。小巴士会来接你们，下午三点半。"

李然俩从没这么兴奋过。这点礼金还真立即见效！小吴也对自己的角色感到特别得意。"我就跟你说过，这一套是绝对管用！你俩现在就是公司的一分子了，懂了吧？你看看，没有我，你们哪里可能去葛兰平打工呢？"

"葛兰平是什么地方？"小玲问。

“它是英国最大的肉类加工厂。这家职业中介公司最大的客户就是葛兰平了，每个中国人都会被送去那里。等你们做久了，公司会把你们送去其他地方，工作稍有难度的地方。”

为李然俩安顿好了工作，小吴放松了心情，整个下午便沉浸在他最爱的赌场里。他赌博时可以完全忘我。李然交给他的两百镑介绍费，也成了他的赌资。但他怕小玲视他为赌徒，向她解释了一番：“在英国这个国家，闷得很，因为他们的娱乐生活方式跟我们不同，中国人没地方去消遣，待久了会发慌的！这就是为什么咱们中国人有时爱泡赌场，确实没地方散心啊！”

李然和小玲按照指示，在住处旁的公路边等待小型巴士来接他们去葛兰平工厂。来自巴西和东欧各国的工人都聚集在这，有的蹲着吸烟，有的坐在路边草皮上打盹。三点半，车来了，同行一共二十多位移民，就浩浩荡荡地上路了。多么漫长的路程，他们从诺福克郡驶向南诺福克郡，沿途尽是古色古香的小镇和祥和的英国田园景致。路上，一位巴西同事拿出了饭盒，嚼着三明治充饥。其他同事都在午睡，为一天的劳动做准备。

一个钟头后，巴士总算抵达葛兰平。进了大铁门，一行闪烁不断的巨型广告字高高悬在厂房的正上方，上面写着“创造更有品味的生活”。那是圣斯伯里连锁超市（Sainsbury’s

Supermarket）最著名的广告词。葛兰平最大的供应对象就是圣斯伯里超市。此时，许多面容疲惫的中国和南美工人，一个个从小型巴士上走下来，等待轮班。

十分钟后，各国工人被分成许多小组，送进该公司的屠宰厂。他们的第一份工作，是以机器切割猪肉，拣选猪肉，并将好坏肉分开。中介公司送进来的移民工人从未接受过操作机器的训练，只能看样学样。小玲发觉，这机器操作的过程难度相当高，需全神贯注才能从同事那里学会。好几次，她根本跟不上速度，只好停下来看同事怎么做。接下来，他们被领到屠宰厂的另一部门。在那里，他们的工作是用塑料纸包装上吨的猪肉，然后装箱并冷冻这些包装好的猪肉。

小玲从未做过生肉加工的工作。三个小时后，她因长久站立在同一位置而感觉筋疲力尽，双脚僵硬。扑鼻的生肉味，令她感觉晕眩、窒息。血的颜色更让她双眼无力，不得不闭眼几秒钟。半个钟头的休息时间变得非常宝贵，感觉起来像是仅仅十分钟。大伙得迅速地上楼脱下脏制服，才能允许进入休息室。许多人坐在那里，闭着眼，试着恢复体力。

接下来的两个小时变得更是难熬。此时，大伙的工作是装卸大块大块的冷冻排骨，每一块都有大约十公斤。由于一箱又一箱的猪排骨被不断地送进该部门，他们的工作是不可停歇的。监工就在附近，每个工人都低着头工作，想要离开生产线几秒钟都是不可能的。在第五个小时，小玲的双脚已麻木，且背部疼痛。

晚上十一点半，工作总算结束了。李然和小玲拖着疲惫至极的步伐走到工厂门口，大伙都在那里等待中介公司巴士来接他们回家。冰冷的雨滴愈飘愈急，而他们在门口等了半个钟头。“公司从大伙的每日工资里扣除两镑的交通费，而从来不守时。”上海人老张说。他疲倦得连烟都不想吸。回到塞特福德的住处时，已是凌晨一点半。李然俩的这第一班次的报酬是微薄的二十八镑四十二便士，也就是一小时三镑七十八便士，是当时英国基本工资的三分之二。

隔天晚上，下班后，中介公司巴士没来。已近午夜，大伙不停地拨电话给公司，没有人接。回家的路有一个多小时车程，是走不回去的。大伙累极了，只好在工厂大门外找了一个土坑，在里面睡了一宿。这冬末的夜里，小玲冷得直打哆嗦，李然把自己的大衣让她穿上也不够暖。李然自己冷得一夜没睡。第二天，中介公司连一声抱歉也没有，巴士照样来迟。

一周后的一个清晨，李然和小玲被送去另一个工厂干活，凯瑞食品公司的鸭肉加工厂。凯瑞食品公司是一家跨国企业，生产各项肉类加工食品。这个诺福克郡的厂位于红坟镇，离他们住处有半小时的路程。那里雇有三百多名工人，其中大约四分之一是中国人，都是伯坦斯中介公司招聘的。

厂里工人多为葡萄牙籍和巴西籍男性。工作量非常大，监工要求非常苛刻，且经常命令工人搬运重物。葡萄牙籍的监工经常毫无理由地怒骂中国人，甚至说脏话。中国工人由于语言不通，都忍气吞声。不过有一回，老张被辱骂多次，无法控制情绪，重重地将菜刀摔在工作台上，让监工吓了一跳，才止住无理的辱骂。

第二天，小玲因快速的搬运工作而肌肉扭伤，李然担心她体力不支，叫她别再去这个厂。“这份活不是女人做的！太辛苦了！你去别的厂吧。”小玲也知道自己体力应付不来，只好要求中介公司送她去葛兰平。

在繁重且单调的工厂劳动生活里，大伙的精神慰藉是下班后同事们之间的相处和话家乡。一个屋里，大家来自中国各地，有福建人、上海人、东北人。由于烹饪习惯不同，大家似乎很自然地与老乡聚在一起用餐。小吴和他的结拜兄弟老林总先占用厨房，也没人敢和这对工头抢。老林爱吃福建口味的红烧猪尾和猪耳朵，这其实是肉贩店里最便宜的东西了。只要做这道菜，老林就会吃上两碗米饭。他们用完了餐，就轮到三位上海人。李然总让他们先用厨房，他觉得自己年纪比他们都小，应礼让一些。

大家都吃饱了，洗了碗，李然和小玲才进厨房。李然最会做大饼和蛋花汤，小玲有时会包饺子，但李然总对她说：“你坐着休息吧，我来就好。”他俩非常节约。小玲用半斤的面粉，可以做成一周午餐和晚餐所用的面包、蒸包、蛋饼和面条。他们多从葛兰平工厂的肉贩店里购买一个星期的肉。那里都是厂里快过期的食品，以最低价出售，十盒猪肉丸才一镑，一大箱牛绞肉才五十便士，二十盒牛肉香肠也才一镑。每有肉食，一定是大伙至少两天的晚餐。李然俩食品消费一周不到六镑。

晚餐后，大伙聚集在楼下的卧房里——这是大家共享的客厅——打牌、抽烟草。老张最爱打麻将。“三缺一！三缺一！谁来！”他高喊着。没想到，楼上老林穿着睡袍，缓缓走下楼来了。老张最不想见到的，就是老林那张脸了，不说别的，他还欠老林介绍费呢。

“我来！”老林自愿参与，坐下来和大家打麻将。老张不知该说什么，只能硬着头皮和老林打一晚的麻将。

饭后，李然喜欢躺在睡铺上看华文报上的连载小说，这都是在哈特尔浦和许华学的。这些小说多是留学生写的，李然感觉自己在英国的体验，似乎与这些留学生的经历很不相同。他们爱谈的是爱情，而不是面包。是不是这些学生都是来自中产家庭？不然，他们哪里能够写出这些风花雪月？他们哪来的闲情逸致？是不是真如老张常说的，他们可能多是“官二代”或“富二代”？他读着，想着，就慢慢睡着了。

此时，小吴总找机会和小玲谈天说地。他最爱谈童年往事，谈他青年时代的偷渡经验。小玲总听得津津有味。“我二十二岁那年，听朋友说台湾有钱可赚，说那边做装修可赚到福清的三四倍。但那时候可不容易往外跑！只有探亲才有可能去台湾。所以我就找了个蛇头帮我做过去。”

“你在台湾挣很多钱吗？”小玲好奇地问。

“唉，我运气不好！到了台湾才一个月，就被抓到，遣返回来。钱还没赚到，反而欠了债。所以只好再想办法出国。后来人家介绍我给福清另一位蛇头，他说可以送我去日本。我借了二十万块，他保证我到得了日本。”

“日本怎么走？”

“那可不好走。他安排我到昆明，然后在那里和其他人会合，一起过境到缅甸，最后到了泰国。从泰国，那边的蛇头安排我们上了飞机，去新加坡。在新加坡，蛇头要我们等几天，说再过几天就可上飞机去日本。但很不幸，正要上飞机那天我们在机场被逮捕。他们还不马上遣送我们回国，要先挨了鞭子后才让我们走。”

小玲忍不住笑了，被遣送还要挨打，她还是第一次听说。这让小吴越说越起劲。“你知道吗？我这个人就是待不住，一定要出去闯，“他自嘲道，“回到家，没多久，我又找了个蛇头给我办出国。这回，我听人家说英镑大，在英国挣钱容易，我就又上路了。”

“你怎么来英国的？”

“我们跟你们不一样。我们办不了商务考察，英国不会相信我们是来‘考察’的。我们也不是那么容易办学生签证，有些福建人还得把户口迁到别的省份，才能申请到签证。因为以前申请庇护的福建人很多，英国移民单位对我们印象不好，总把每个福建人都当作‘假庇护’，都不给签证，害得我们只好都去偷渡！”小玲频频点头，这些情况她并不知道。

“你知道偷渡有多艰难吗？我走了两个月才到达英国。他们把我送到摩尔多瓦那个国家，从那边开始，我就用别人的护照。翻山越岭，那乌克兰的山可不好爬，不是人爬的山！为了防边警，我们要等到夜里才能去爬山。蛇头买通了乌克兰军人，让他们带领我们爬那山，那些军人很熟悉地形。但他们要求中国人紧紧跟在他们身后，步伐要快，因为要赶时间，有人在山下边境等着我们，要替我们剪开铁丝网，让我们过境到斯洛伐克。我们得走得快，才能赶上时间。不然很危险，很容易被抓到。”

“你们都安全抵达斯洛伐克了吗？”小玲问。

“没有人能保证任何人的安全。那时，蛇头把我们分成小队，爬山的时候只有四个人。和我同队的一个福清人走得太慢，几乎被落在后面。我们都一直催促他，最后他走不动了，我们就搀着他走。我一边扶着他，还一边对他说：‘你快点走，不然我们都要被你害了！要是被落在这山里，肯定活不了命的。’他听了很害怕，就越走越快了。说真的，有不少中国人被落在那山里，谁会知道他们在里面？他们被活活地饿死，冻死。怎么死的都没有人知道。”

小玲听着心跳加快。她从未想象过这样的经历。她知道自己是不会做这种冒险的。她想着，如果她也在爬那山，心里惦记着的一定是女儿。

“到了斯洛伐克，那边的蛇头来接我们，开车把我们载到德国。那应该说是最顺利的一段路了。一到德国，那边最大的蛇头阿辉就把我们安置在一栋房里，叫我们每个人打电话回家，付清一半的钱。福建的蛇头送到欧洲的人，都会经过阿辉这里。他就是欧洲的中心站，他收了钱后，再把大家送到各自的目的地。有人被送去德国其他大城市，有人去意大利，然后辗转来到英国，跟我一样。对我们来说，要来英国不是你想象的那么容易。”

“你为什么要先去意大利？为什么不去法国，那不是离英国比较近吗？”小玲问。

“唉，说来话长！阿辉把我送上车后，他就不用管我了。我用他们给我做的假护照，在德国机场登机之前，被海关看出是假的。蛇头以前跟我说过，如果被抓到，就马上报‘难民’，我就报难民了。他们就把我送到难民营去了。在那个难民营，你可以出来走动，还算自由。他们让我出来活动的时候，我就溜掉了。一上了火车，我就联络中国的蛇头，问他下一步怎么办。他叫我在德国等，说那边的蛇头再过几个星期说不定就会安排好行程，让我去英国。我知道很多人都等了很久，不见得很快能走得了。我就打电话给我在意大利工作的乡亲。他们跟我说，那边马上会有大赦，没身份的中国人都会拿到身份。我一听，就决定去意大利做身份。我心想，要是有了意大利的护照，最后也一样可以到英国，而且在欧洲可以来去自如。所以我就上了火车，按老乡的指示，从德国坐到法国巴黎换车。那趟路可不容易！老乡告诉我，过境的时候要特别注意。虽然他们不会检查乘客的证件，但有可能会要求我出示证件，因为我是亚洲人的脸孔，他们很容易会怀疑我是偷渡的。”

小玲出了神地听。小吴接着说：“靠近法国边境时，火车停了，我就按老乡的指示，马上跑到车外，因为这时候车上的工作人员来来去去的，很容易会看到我。我就在车外等着，到了快开车的时候，我才跳上车。就这样，我很幸运地到达了巴黎。有时，我觉得我运气还真不坏。一到巴黎，正当我准备要买票的时候，前面站着一位中国人，他的穿着让我感觉他是中国人，比较时髦。我就问他，可不可以帮我买张去米兰的车票？因为我不会说法文。他马上就说好，没问题，很热心！我就这么搭上了去米兰的车，顺利地到了意大利。”

“你没碰上大赦吧？”小玲猜想。

“碰上了，唉，但我没申请到。他们给我的回函，我也搞不太清楚究竟是什么意思，只知道被拒了，没拿到身份。”

“真可惜！”

“是啊。我那时想，是不是就留下来，在意大利工作算了？很多我们的乡亲，都在那边等着要来英国，一等就是一两个月，甚至更久。所以他们在等待期间就开始干一点活，在浙江人的成衣厂里面做工。做久了，看到去英国的希望不大，就留下来了。那边乡亲也很多，都有照应。但我这个人野心比较大，我想，都计划要去赚英镑了，怎么可以半途而废？在浙江人的成衣厂里工资那么低，不行，我一定要去英国！我就打电话给同乡的蛇头，他们给我找了一个住在法国的蛇头，说我可以去巴黎找他，他会安排我去英国。”

小吴的故事似乎越近终点站英国，他就越来越振奋。“到了巴黎，那蛇头把我带到他的‘鸭子楼’去，那里面住的都是在等着要去英国的中国人。那时有二十多个，住得很挤，所以叫作‘鸭子楼’。我等了两天，还真被我等到了！那蛇头通知我和房里的人，可以上路了！他让我和另外三人先走，我们被送上了货柜车，司机叫我们躲在他的睡铺底下。空间很小，我们就都挤在里面，十多个小时。连水都没得喝！”

到了英国时，小吴说，他简直不能相信，他真到了这个国家！司机将他们四人丢在路边，就开车走了。蛇头来接他们，带他们进入伦敦。“伦敦！我在想，几个月的奔波，总算见到这个世界级大都会了！我这个福建农村子弟，可真开了眼界了！”

看着小吴，小玲突然觉得他并非像大伙眼里的那个“不法之徒”。反而，她觉得他有他非常天真的一面。甚至可说他傻得可爱。一个一辈子在和逆境搏斗的人，怎么会完全是个恶人呢？他一定有他的毅力和坚强之处。小玲想，他必定是一个急于实现梦想的男人。而在这里的每一个人，都有些梦想要实现。

大伙发薪那天，公司办公室里挤满了各国工人，大家都排着队，急切地等待领薪。李然领到的工资比预料中还低，白天班八小时的工作，仅仅二十三镑六十便士，也就是一小时仅仅两镑九十五便士。经理史蒂夫·伯里听见大家的不满声，回过头来对李然说："税重，是因为你们是新来的。做久了，你们的税收就会和别人一样了！"

"为什么税率这么高？我们的税率怎么到了百分之五十？"李然看着工资单上的记录问经理。当然，经理拒绝回答问题的最佳理由，是他听不懂中文！而李然不放弃，用中文说："每个中国人都是以过期的难民纸副本上的国家税号来缴税。一张副本经常同时被十几人使用，所谓缴税，并非缴自己的税。税是否真缴到税务局去了，谁能查证？"

他很明白，即使语言沟通不是问题，公司也根本无法回答他。无身份的中国工人，是没有权利去了解自己税务的纳税人。

各国工人都聚集在中介公司外面，核对彼此的支票和现金。伯坦斯公司每两周发薪一次，本周的工资总是要等到下周周四才能领到。大伙都在纷纷议论着彼此工资单上的差额。住在另一栋房子的天津人老王心急地要李然看他的工资单。"你看！他们没发给我加班费！整整四个小时的额外工作！一毛钱也没有给！他们怎么可以这样做？”

李然建议大家去公司问个究竟。他这不服输的性格，走到哪里都自然地成为工人代表。小吴见他走进公司，立即试图阻止。他将李然拉到一旁，对他大喊着：“你他妈的以为你是谁？没有合法身份，还想进去讲理！你自己先管你自己的工作，少管人闲事，别忘了你是黑工！”

“他们这黑店敢用黑工，就有黑理！”李然怒斥小吴。

“你是不想在这混了？”小吴说着把袖子卷了起来。老王看了急忙拉住小吴，拼命低头道歉。

大伙都在围观，议论纷纷。李然不顾小吴阻止，高喊着：“你们谁愿意和我进去跟公司讲理，替老王把工资要回来？咱们一起进去，团结力量大！谁愿意？请站出来！”

大伙一听，都不作声，你看我，我看你，然后渐渐散去。小吴站在一旁冷笑：“怎么了？当不成英雄了？”

拖欠或扣减工资的情况，就这样持续了下去。没有工人能向公司做出任何集体的反应。他们的沉默使得公司更能变本加厉。这回，上海老张在周末加班两天，一分钱也没领到。他到公司和办公人员理论。

“我们计算机上仅有记录你加班一天。”办公人员理直气壮地说。

“不可能！”老张以手势表示不相信。

办公人员摇摇头，又强调：“我们就只有你加班一天的记录。”说完，她一眼也不再多看老张，就低下头忙她办公桌上的事了。

老张非常气馁，但也只能接受公司的说法，心想，若能要回一天的加班费，总比完全没有得好。但没想到，一周以后，公司竟完全否认有这回事，连一天的工资也不肯还他。

“我们公司什么也不欠你！”办公人员这么对他说。

当时，经理史蒂夫·伯里也在场，睁着眼，一话不说。老张愤怒之余，以中文怒斥经理一番，除此之外，他什么办法也没有。他清楚得很，这种事经常发生在中国工人身上。就像国内的农民工在城市里一样，没有权利，没有力量，没有声音，不论遭遇什么样的待遇，在大多情况下也只能逆来顺受。

那晚回来，老张突然拿出英语字典，开始背单字。“咱们吃亏的地方就是语言，”他淡淡地对李然说，“语言不行，就成了他们压迫咱们的借口。咱必须加紧学习英语。”

“你自己怎么学习？”李然拍着老张的肩问他。

“从来到英国那天起，我就已将所有学到的英语词汇都记录在笔记本上，而且常拿出来复习。”老张认真地翻阅着他的笔记本，“今天看到经理史蒂夫·伯里那张嘴脸，就让我下了决心，学好他们鬼子的话，再去治他们。”

“但你这学习方法行吗？你把所有的英语发音转换成中国字，用中文来记忆，这个方法怎么能有系统地学习啊？”李然问。

“唉，咱们年纪大了，不能用年轻人的方式学习。”老张叹了口气，“说真的，当个哑巴真的难受！每次想表达什么却说不出口的那种感觉，真是很气馁。想跟史蒂夫·伯里讲理，满腹怨愤，却一个字都吐不出来！”

小玲也点头说：“我也一样，就连想表达好意，都不知怎么办。每天想向巴士的那位司机先生说声‘谢谢您来载我’，都说不出口。”

等工，下班后试着恢复体力，再准备轮班，就是这里的生活模式。大伙仅能在劳动的步伐里感受时间的存在。其他，没有什么可以冀望或希求的。

那天李然又清晨四点钟起来，准备去凯瑞食品公司的鸭厂上班。半个小时后，老张也起床准备去葛兰平肉类制造工厂上班。他在厨房里，准备他的午餐饭盒。他问李然要不要带几个包子当午餐。李然看他眼都红肿了，问：“你怎么了？没睡好？”

“唉，昨晚又睡不着，夜里起来了两次。”老张答道。

“有什么心事啊？”

“我不断地想，反复地问自己，来到英国做工的最终目标究竟何在。”

李然听着，拍着他的肩说：“别想太多。”

“坦白说，我刚到塞特福德的那几天，一直躲在被窝里偷哭，”老张吐露，“一个大男人，还这么掉眼泪！我当时就问自己，这一切究竟会带来什么？每天这样卖命地工作，回到家里就是准备第二天上工，就像机器人一样，却连工资都拿不到全数。我没有一点能力去改变什么。我感觉自己像是个废人一样。”

“你别这么说，老张。”李然听了特别沉重，但他不擅说安慰的话。

“但你知道吗，我们现在的情况比起以前在普利茅斯花厂的日子，已经好转太多了。当时，我们十个人挤一个房间，犬畜不如。”老张想到这里，泪水不听使唤地落下。

李然白天被送去鸭厂工作时，小吴更有机会与小玲独处。他向小玲吐露，虽然那天在中介公司外头教训了李然，但其实在公司眼里，他和大家一样是名中国工人，只不过替公司拉拉线罢了。他说，他过去的工资并不比任何人高，他以前在凯瑞食品公司工作四十个小时的工资仅仅为一百二十五镑，也就是一小时三镑十三便士。“我很明白这些英国佬心里在想什么，我可不是站在他们那边啊，”小吴说，“那天骂了李然，是为大家好，不想让大家的工作机会受到影响。”

小玲点点头，她知道事发那天，她虽很同情李然，却也了解小吴的做法。“大家都是不得已啊！”她说。

小吴和小玲不仅谈过去，更谈未来。“你打算几年后回国？”他问小玲。

“现在还不敢想，孩子还小，还在上学呢，”小玲答道，

“至少也得在这儿再待上五六年吧。”

“其实没有必要回国，”小吴叼着烟说，“说真的，你这样的下岗工人，在国内会有什么发展？还不如在这里挣钱，你孩子和父母也可以过好一点的日子，是不是？”

小吴的这番话说到了小玲的痛处。她很清楚，待在国外打工是她唯一的选择。

“我是不愿回国的，”小吴说，“能在这里待多久，就待多久！”

“是啊，但这儿日子并不好过。”

“刚开始，是不容易；但如果你能撑下去，等有了基础，你就能做点别的，比如自己开外卖店，不用再给人打工了。”

“没有身份，怎可能做生意？”小玲问。

“你待久了，就会有门路。我就有几个乡亲在开外卖店。他们用别人的身份，向人租店，这不是不可能的。我们福建人开店的不少，你们东北人也越来越多。”

“你这人真是满脑的生意经。”小玲微笑着说。

“开外卖店还不是最赚钱的呢，说真的，英国机会多，赚钱的方法也多。”

小玲点头不说话。这一切，她都还没有考虑过。

“你听我说，小玲，你如果不打算回国，你身边肯定需要有人照顾你。”小吴盯着她说。

小玲不知如何回答，低头喝着小吴为她沏的福建铁观音。

“你如果愿意跟我走，我会照顾你的，我会给你好的生活。”小吴允诺，“我懂得怎么挣钱，不会让你过苦日子的。你要跟着李然，你就只能过着底层劳动、四处漂泊的生活。”

小吴的这番话，让小玲整夜难眠。苦日子，她是过了太多，太久。自踏上英国的土地，她就没有停止四处漂泊。她累了。现在，她真想停下来，寻找依靠。

一天，小玲在等工时，小吴请她一块步行到镇里的教堂散心去。“去晒晒太阳吧，这季节里有这样的阳光可难得了！”他对小玲说，“一天到晚干活，你需要调整一下！”

小吴非常体贴，还亲自做了福建海蛎饼，要她尝尝。他俩就坐在教堂外的草地上，嚼着热乎乎的海蛎饼，谈天说地。打从第一天来到塞特福德，小玲就不曾这么放松过。她躺在草地上，让阳光照在自己脸上，倍觉舒畅。

他们谈到离乡背井的为人父母。小玲说，为了子女，要出国打工的男男女女都已有心理准备，都知道他们可能放弃的是什么。“多数人离开妻子、丈夫，好几年回不了家，”她说，“他们应该清楚会失去什么。”

“是啊，大家都有心理准备。”小吴应道，“我有个老乡，在这里辛辛苦苦挣了七年的钱，家里房子盖起来了，儿子也有钱成家了，但是他老婆离开了他。他老婆几年来一直叫他留在国外挣钱，不太想让他太早回家，他直到最近才知道，老婆早有男友了。”

“哎，谁不怕寂寞？”小玲低声说，“其实，我想，会决定出国的人，都是在心理上已经有数的人，大家都知道，分开久了，即使家庭不破裂，也不会是出国前的那个家庭了。”

“那当然，”小吴应道，“出门在外，大家也都学会了如何满足自己的需要。在英国，许多中国人都搭伙。因为人都是有各种需要的。搭伙，是因为他们能满足彼此的需要。”

小玲看着他，没回话。

“男人有男人的需要，女人也一样。女人特别需要被照顾。”小吴又说，“你看看那些搭伙的女人，都不用再担忧食宿消费了，你懂吗？就像楼上那个安徽来的阿兰，她的生活费都由她的上海男友负责了，她只要专心挣钱，寄钱回家，就行了。”

小玲听到这里，抬起头望着小吴。

“这难道不是你要的吗？”小吴问她，“专心挣钱，寄钱回家。”

小玲无言以对，她知道小吴的意思。在接下来的几个星期内，她反复问自己：能够跟着眼前这个浪子去闯天下吗？在黑白两道之间求生存？她对他的世界有多少了解？她会不会陷入一个危机更深、更黑暗的地下社会？

而同时，她告诉自己，小吴说的没错。她是有需要——被照顾，被帮助，被支持的需要。她想象着女儿的欢乐童年，想象着物质条件的改善能带来的一切。有什么能比挣更多的钱，寄更多的钱回家还要重要？

一天，小吴与小玲分享他的未来计划。他说，在塞特福德做生意没有发展机会。他要去莫克姆湾做拾贝生意。许多福建老乡告诉他，现在莫克姆那边已有十多个中国人的队伍在拾贝。老板都是本地人，聘用一些会说几句英语的中国人在中间管理工人。这些小工头也就是小老板。小吴虽从未拾过贝，他也有这样的野心。他下了决心要去海边闯闯。

“你知道，我一直都想当老板，想拥有自己的一番事业。”

“我了解。我打第一天认识你，就发觉你是个很有野心的人。”

“做拾贝生意并不难，”他告诉小玲，“一旦申请到许可证，在那里拾贝就不会有问题。拾贝所需的工具和设备，大约六千镑。那些小工头从英国收购人那里赚到一袋十二镑左右，然后发给中国人一袋六镑。容易得很，稳赚不赔。”

“你有野心是好事，”小玲说，“但你有资金吗？如果没有，最好是先去替人家干活，学会了以后再创业，你说是不是？”

小吴想想觉得有道理。他目前确实资金不够，借贷恐怕也难。“不然我们一块去，去利物浦加入我们老乡的拾贝队伍。日后有资金了，再自己组队。有你在，做我的顾问，我就不怕做不成生意了！”

小玲没有答应他，也没有反对。她需要时间。更何况，她不知该如何告诉李然——她竟在考虑与他最鄙视的工头远走高飞！她感觉她已辜负了李然。

第四章 莫克姆湾的悲剧

自李然俩来到塞特福德，屋里中国人就不断提醒他们：不要忘了锁门，即使在家里也要锁好门。“怕打劫。”老张说。李然在街上碰见住在别栋房的中国人，他们也经常提及恶名昭彰的黑道分子来索取所谓的“保护费”。他们说，不少中国人因怕打劫而迁离塞特福德，但小吴和他的结拜兄弟老林都不愿透露“打劫”究竟是怎么一回事。

那天晚上，小吴和老林碰巧不在，李然刚从鸭厂下班回来，大伙都在厨房做晚饭。突然听见有人敲门，小玲没多想，就前去开门。九个黑道流氓猛闯了进来，身带刀枪。小玲吓得尖叫起来，李然一出厨房就被压在地上，两个流氓把他捆绑了起来。另外三个流氓冲进厨房，拿着枪，命令大家跪在地上，然后一个个捆绑起来。“现在大家听话！”领头的说，“把你们身上的现金全部拿出来，放在地上！我们会搜身，谁要是不把所有的钱拿出来，被我们搜到的话，我们就不客气了！”

塞特福德的中国人都听闻过这些黑道人，他们来打劫过前一批住在这里的中国人。他们在这个镇上出没已久，以地头蛇自居。虽是散无组织，却自称源于香港黑帮“14K”，专门打劫中国工人住处。而中国人因为自身移民身份问题，一直不敢报警检举这些黑道人。

在他们的恐吓下，屋里每个人都赶紧拿出自己辛辛苦苦挣得的血汗钱。楼上上海人老张二十周的工资还藏在衣橱里，那是他正要寄回家的钱。他不愿拿出来交给这些流氓。他们搜了他的身，没有找到一毛钱。

“你身上的现金拿出来！”其中一个块头大的命令他。

“我真的没钱啊！”老张双手被捆绑住，跪在地上求饶。“我还没发工资啊！我真的没钱啊！”

两个流氓踢打了他一番，“你还说没钱？”

老张宁愿挨打，也不会把血汗钱拿出来。家里在等着他寄钱，他想，今天怎么样都不能屈服。两个流氓又踢打他。“你不想活了？”

“我这儿有钱！”李然突然高喊，他想办法替老张解围，两个流氓转向李然，“我口袋里有四十镑。”

两个流氓掏出了他的钱，其中一名又大吼：“就这么点？你当我们傻瓜啊？”他们俩接着毒打李然一顿。小玲在旁泪流满面，请求他们停住。这时，另外两个流氓在楼上搜到了河南人小秦的两百镑现金，他们几人清数了手上钞票后离开了。

自这天起，大伙就一直生活在黑社会打劫的阴影之中，老张的失眠问题也越来越严重了。对人身安全的恐惧，加上工作的不稳定造成的焦虑感，致使他经常需要在睡前服用安眠药。每天夜里，李然都能听到他辗转不能入眠，不停翻身的声音。年纪较轻的李然也一直未能开朗起来。他过去从未遭受过这样的暴力侵犯。他感觉这已超过了自己承受的极限；而对小玲来说，塞特福德就像是个无底黑洞，不知它的黑暗究竟有多深。黑道打劫就是其中一环。

她此时默默做出了改变自身命运的决定：她不愿在这儿待下去，她不愿在恐惧中生活，她不愿再无期地等待改变。她要去一个明亮的、有新鲜空气的地方！

小玲最终答应了小吴，要和他一块去利物浦，加入中国移民拾贝的行列。“我还是喜欢靠海的地方。”她对小吴说。

小吴从没这么开怀过。这个美好的东北姑娘，真决定跟着他走！他感动地向她承诺：“你放心，我会好好照顾你的！你的生活会越过越好！你看着，有一天，我也会当上老板！”

临走前的午夜，灯熄后，小玲低声向睡在旁边的李然道别：“我明早就去利物浦……你要是想来，就告诉我，好吗？”

“我不会去的。厂里的工作已稳下来了，再怎么糟，也得撑到旺季结束才行。我得好好干活，很快又得寄钱回家了。你好好保重自己！在海边要是做不下去，随时回来，知道吗？”

小玲随同小吴搭火车来到了利物浦。他们的工头是一位叫作林阿勇的福建人。他沉默寡言，老乡都说他就有一双会说话的大眼睛。阿勇来到利物浦就一直替当地的拾贝工头约翰干活，从约翰那里学到了不少拾贝生意的门道。约翰在利物浦租了三栋房，供工人食宿，他信任林阿勇，让他负责招聘并管理中国工人。

小玲和小吴就被领进了阿勇管理的一栋三房两厅的住宅。这里住有二十多位中国人。正在为彼得干活的许华，就住在同一条街街尾的宿舍里。他和四十多位拾贝的中国人，正从中型巴士上下来，他们刚才结束了一天的工作。小玲见到他，万分激动。一年多没见，她看到许华瘦了。

“一定是拾贝工作太吃力了。”小玲说。

“早起晚归，劳作看天气，就像种田一样，看我晒得黑不黑？”许华笑问。

“黑得发亮！”小玲答道。

他看着小玲说：“你倒是没变。上回李然来电话，你们俩还在塞特福德干活。怎么了？做不下去了吗？李然呢？”

“他还在那儿，”小玲低声答道，“我决定离开。塞特福德我是待不下去了。黑帮猖狂。”

“唉，哪里没有黑帮？有我们的地方，就会有黑帮。他们就专找我们这种没身份的中国人。你到哪里也躲不掉这种恶势力！”

第二天清晨，大伙都被送到了莫克姆湾。莫克姆镇是个没落的海滨小镇，除了渔业之外，就只有一些食品制造业环绕在小镇周遭。小巴士驶入了这个寂静的镇，停在前方二英里外的海岸上。下了车，小玲跟着大家走向退了潮的沙滩。这就是她一年前早已听说的拾贝工作。工头们招工时总强调，拾贝工作收入比餐馆和工厂活都要高，而且没有管工监督，没有老板在旁吆喝。在体验了过去几年来的电子厂、农场、色拉厂的严格纪律后，小玲特别向往拾贝工作；而且，她特别想再看海。她想起在塞尔西镇和李然一起，步行到塞尔西湾，那采集海带的日子！那苦中作乐的日子！

在这里——莫克姆湾，一切是否真会好转？

在冬季的蒙蒙雾里，莫克姆湾的海水显得特别灰暗。春天应该不会太远了，小玲盼望它快快到来，多么想见到这里的春景！这里开的会是什么样的花？

小玲跟着小吴学拾贝。小吴虽也没做过拾贝工作，却一下就胜任自如。“你蹲在沙滩上，会挖得比较快。”小吴指点她。他们和许华虽属两个不同的队伍，却经常在清晨的沙滩上碰头。在那里，两三个中国拾贝队伍每天总会被送来干活。除了彼得的那个队，还有另一个英国工头保罗的队。保罗雇用了一位三十多岁的福建平潭人阿忠做中间人，来管理工人。阿忠从伦敦招来了许多福建老乡，小吴颇羡慕他。跪在沙滩上拾贝时，小吴总忍不住偷瞄他几眼，见到他神气活现地替老板收货的样子，就会对旁边的小玲说：“你看看他，过去在伦敦也不过是靠接机赚钱的，哪有什么本事！后来他到利物浦认识了一名越南人，才介绍他去拾贝。不然，他也不会有今天！”

“我就不觉得阿忠的角色有什么大不了的。”小玲头也没抬，拼命地往沙里翻挖，找寻贝壳。

“他也是做了好一阵子的拾贝工作，才做到今天这地步。”小吴说，“他刚开始曾和我们的头——林阿勇——合作过，那时候阿勇只是负责开车。这都得慢慢来，越做越大。”

“他不过就是个小工头，你不用那么羡慕！”小玲想让小吴心里好受一点，他实在太好强了。

“你别看阿忠是个小工头，每天就从我们这边收去几百袋，他一个人一天就可挣得一千到三千镑！”

“那不过就是赚取暴利，哪里需要什么聪明才智！”小玲说。

“这种暴利吸引着不少人进入拾贝业，都想担任中间人的角色，好大赚一笔。”小吴越说越起劲，“林阿勇的弟弟阿仁一年前以学生签证来到利物浦学习语言。他一到这个陌生城市，就被他哥哥带进了当地正蓬勃发展的拾贝业。那个阿仁学得快，一下子就熟识了当地的拾贝工头，开始替他们打零工。有一回，他甚至领着哥哥队里的几名工人，大老远地跑去苏格兰海岸拾贝。”

“胆子大罢了。”小玲细声说。

“这可不是有勇气就做得了的生意！阿仁很不简单！日

子久了，他慢慢地接管起哥哥的拾贝生意。你没看到吗？现在林阿勇很多事都让阿仁去和老板约翰交涉。毕竟是个留学生啊！”

这话说完不到两个星期，林阿勇的老板约翰就直接开始与阿仁合作起来。约翰挺看中阿仁，对他很信任。约翰只管收货，不直接管理工人，雇用阿仁来管理。约翰给他一袋十五镑，然后阿仁支付给工人一袋十二镑，抽取三到四镑的利润。就这样，阿仁成为像阿忠一样的工头，开始四方招集工人来利物浦。林阿勇也直接将自己管理的队伍转让给阿仁接手管理。小吴和小玲就这么成为阿仁手下的工人了。

而他们立即感觉到的变化是，工作量的要求增高了。每天在海滩上，阿仁都要等到潮水快上来了，才喊大家收工。

“阿仁这个人看样子比他哥哥要苛刻，”小玲说，“我们运气不太好，才刚来不久，就换到一个更差的老板！”

而许华的工作也有了变动。工头彼得不知为何决定停工一个月，他没有给工人任何说明。在这一个月期间，大伙仍需要继续工作，只好转调到其他队伍。有些人决定跟曼彻斯特工头史蒂夫走，替他干活，他的队伍都在巴洛镇的海岸拾贝。史蒂夫是个近六十岁的拾贝老将，他不信任别人，自己管理工人。但中国工人都怕他，说他脾气不好。每当他大呼小叫地教训工人时，大伙就以中文彼此提醒：“老头儿又生气了！”

彼得的其他工人则选择加入了阿仁的队。阿仁在拾贝业里现在小有名气，更何况他是福建人，乡亲们宁愿投靠他，也不想替陌生的英国人史蒂夫干活。许华就是如此。他并不认识阿仁，只是印象中觉得他仪表斯文，大伙又叫他留学生，像是个文明人。

阿仁给人一种精明能干而文质彬彬的感觉，乡亲们都愿意加入他的队伍。他的拾贝生意越来越上轨道时，他从利物浦招聘了一位助手，名叫天龙，负责开车、收货、记账。高个子的天龙人缘挺好，老乡多称赞他是个讲义气的人。天龙刚到利物浦时，因无固定工作，曾和几位老乡在当地酒吧里卖玫瑰、小灯和香烟。刚开始生意挺好；而来到利物浦的中国人越来越多，大伙都想做些小买卖，增加收入，酒吧里的这些小买卖竞争就日趋激烈。天龙为了保护自己的地盘，只要有新人进来，他就与人起争执，甚至打架揍人。

天龙打架保护地盘，都出了名。大家都怕他。他就是这样独占了几个月的酒吧买卖。“能在利物浦酒吧做出这样生意规模的中国人，天龙是第一个！”小吴说。

“你又在羡慕人家了？”小玲笑着说，“那不是什么技术活，谁都会做。”

“哎！你不懂！做买卖是要靠人脉的，要靠社会关系的！没有一点小聪明，哪里能维持下去？”

天龙后来得了个绰号，叫“玫瑰贩子”。但好景不长，由于酒吧里卖玫瑰的年轻人增多了，竞争越来越激烈。毕竟，他无法每天和十来个年轻人打架！一天，在唐人街打转时，他巧遇阿仁，一见如故。阿仁在谈话中立刻觉得他是个有冲劲的人，肯定会干活，就邀请他加入拾贝的行列。天龙这个本性爱冒险的人，当然立即答应了。

此时，莫克姆的拾贝业正快速发展。中国人的拾贝规模已扩增到十多个队伍，都由当地拾贝工头和收购人带领。各工头不断在招工，工头之间的竞争变得越来越激烈。工头经常以稍高的工资来拉拢工人换队，有些队伍里的工资从原来的一袋七镑，涨到八镑至十二镑。

虽然中国拾贝工人人数大增，像阿仁这样的中国工头，仍还无法完全自己经营拾贝生意，主要是因为没有正式身份。他们只能用现金交易，无法建立起当地的销售渠道，必须通过当地工头。当地收购人的主导地位，让他们能够非常廉价地购买中国人拾的贝，这种地位意味着中国工头利润的受限。某些有野心的中国工头便希望能砍掉当地收购人这一环节，不想再受他们的控制，而希望能直接与加工厂和海产公司合作。阿仁心里就是这么期盼的。

那年冬天，阿仁自己去买了车，开始带自己的队，自己卖贝。他想要真正起家做拾贝生意，不愿再受当地收购人的掌控。

与此同时，塞特福德的黑帮势力越来越嚣张。李然后来才从别栋房里的中国人那里知道，这黑帮的帮头，过去和工头老林是结拜兄弟，但结拜兄弟却因一点利润的分配而反目成仇。虽然这黑帮到处打劫每一栋中国人的住房，抢的都是工人的血汗钱，但老林总觉得他们到他住处收保护费，是冲着他来的。无论如何，在塞特福德，没有中国人能避免被打劫的危机。它已成了他们生活的一部分。

“看来在这里就是黑白两道，对英国中介公司，我们得行贿，对黑帮，我们要交保护费。这黑白两道是共生互利的，他们彼此需要对方。”李然对上海老张说。

“是啊，没有像老林这样的角色，公司怎能从咱身上赚钱？”老张叹道，“我是想走也走不了。老林的介绍费和利息，把我身上所有的钱都吸去了。我现在要离开也没钱离开，陷在这里了。”

“更糟的是，到了淡季，没什么活可干的时候，你怎么办？”

“那只好借钱到别处干活了。”老张说着又叹起气来。

隔天，住在别栋房里的一位天津老乡告诉李然，他们昨晚又遭打劫了。同屋的老王因不愿交出他的血汗钱，为了逃跑，从二楼窗户跳下，黑帮流氓在他小腿上砍了一刀，他因此没跳稳，摔断了腿。现在老王半残，躺在急诊室里。出院后，他恐怕是不会待在这镇上了。而他的生存途径也因此受限，往后，他恐怕只能在某些加工厂里干活。他是干不了更重的体力活了，他站都站不直了。

老王的事，自然传遍了塞特福德中国人的圈子。听到这消息，李然的愤怒感要强过恐惧。他憎恨这些不断在压迫他们的势力。自此，他每天都在盘算着，该如何离开塞特福德。这里的气氛让他感到窒息。好像他无法逃脱这地下世界里的一切：中介，工头，工厂管工，黑帮。他想起小玲的话：“这个黑洞，你要是不逃离它，有一天它会把你吸进去！”

李然无法停工，家里父亲需要医疗费用，等着他寄钱，他必须找到新工作，才能离开塞特福德。他又开始四处寻工。碰巧，一位在英国西北部曼彻斯特一家中国餐馆干活的天津老乡打电话来，说餐馆正在招聘一名厨房的打杂工人。透过老乡介绍，李然得到了这份工作。他一分钟也不愿停留，拎着行李就上路了。

曼彻斯特是个充满朝气的城市。李然知道，它是世上第一个工业化的城市，是十九世纪工业革命的先锋。工业革命期间，纺织业的蓬勃发展导致了它的快速城市化。曼彻斯特虽以制造业起家，今日却有英国发展最快的服务业，这些行业也是许多移民劳工聚集之处。

李然下了车，迎面是宽阔大道，两旁全是红砖高楼，一个标准工业起家的北方城的面貌。李然心想，与南部那些传统英式“小家子气”的城镇风格大有不同。来来往往的是来自各方的移民，一眼看去也有几张华裔面孔。天津老乡来接他，他俩走过一个热闹的广场，青年聚集谈笑，旁边有两位中国男子背着大包在兜售光盘。

“他们在卖啥？”李然问。

“盗版光盘，”老乡说，“现在越来越多中国人在做这行。都是被餐馆和外卖店解雇，才迫不得已出来做这个。”

“现在看样子查身份查得更紧！”

“是啊，政府现在加紧打击黑工嘛。还不就是为了选票！看来这是趋势，挡不住了。欧盟外的工人，政府能不让进，都不让进。”

说着，他俩前面出现一座大红色拱门。“这就是曼彻斯特的唐人街了，”老乡介绍，“它是英国第二大中国城。在这里，你看，中国餐馆，甜品店，各式中国杂货商店林立。”

“这里是以餐饮业起家的，这些多是香港人经营的，咱们那家餐馆也是，”老乡又告诉他，“从一九七〇年代起，中医行业和超市也开始出现。你看，现在到处都是！”

转进巷里，老乡领着李然进了餐馆。第一件事，就是带着李然去和张经理见面。李然见了经理，向他鞠躬问好。“好，好，你带他进去，我现在忙。”张经理没时间多说，叫李然的老乡带他入厨房。一推开厨房门，一阵热气扑来，还没回过神来，李然就被老乡拉进门。“来，来，这是大厨！”他殷勤地介绍，“这是阿辉，炒饭面的！”大厨是马来西亚华人，是经理的亲戚介绍进来的。他几年来负责为老板招工，阿辉就是他找来的，收了介绍费两百镑。李然的天津老乡在这里是打杂工，也就是最基层的员工。“你瞧，这厨房里就是因为这样忙不过来，需要再聘一名打杂工，所以我才找你来啊。”他告诉李然。

外面的订单不停地被送进厨房，没有人有时间多和李然说话。炒饭面的阿辉汗流满面，光着膀子炒菜。厨房里的通风不好，热得让人发慌。李然和他老乡的工作是洗碗和打扫，大家忙的时候，他俩也得帮着切菜切肉。从早上十点开始，到午夜十二点，李然拼了命地干活，一周也只能拿到一百二十镑。在中餐馆里没有所谓年假可言，每周一天的休假，老板已经觉得是仁至义尽了。他的说辞是：“中国人不像英国人那样好吃懒做，中国人是任劳任怨！”

电话中，小玲向李然诉说拾贝工作的艰难。她说，那些福建同事体力好，刮风下雨都难不倒他们。特别是他们俩都认识的许华，拼了命地干活。自从许华加入了阿仁的队伍后，他搬到了小玲住的屋里。晚上回到宿舍，许华经常拿出儿子小强的照片，和小玲谈家里的一切。他儿子小强十四岁，在上中学。他年纪虽小，却很懂事，不愿让父亲为了自己在外挣血汗钱。他曾请求父亲不要出国。

“我儿子说，日子过得去就行，没必要那么辛苦，去国外挣钱！”许华说到这儿，眼眶已红。“我这辈子最大的愿望，就是要让儿子能学业有成，过好的生活。”他向小玲倾诉，

“我不要他像我一样，借钱来英国做这种苦工。”

许华的妻子淑真不放心他的安危，想到英国和他一起打工。许华劝她别来，说英国工作环境艰难，她应在家照顾儿子。淑真不听劝，坚持要来英国。她说，两个人工作挣钱比较快，一两年后就可回国。小强不肯让母亲走，但无法挽留她。她意志已坚，向亲友借贷了十几万人民币，让蛇头安排了她的行程，就上路了。一个月后，她在穿越了欧洲大陆之后，抵达英国。小强心里难过，父母为改善生活，离乡背井，他一人和爷爷在家，只有姑姑有时来探望他们。小强很想念父母，经常打电话问他们好。但许华从不多谈在英国的拾贝工作，不想让年迈的父亲担心。小强不明白父亲为何不谈英国近况，反更为他担忧。

那天在曼城厨房里，张经理突然进来要求李然出去送餐。他说，今天人手不够。李然从没在英国骑过摩托车，又不认路。怎么送餐呢？他想起一位天津老乡曾告诉他，一个没骑过摩托车的中国小伙子被老板叫去送餐，才出门两分钟就被大卡车撞到，成了植物人。但张经理坚持：“你出去骑几圈，很快就学会了，中国人学什么都快！你快去吧！”

李然感觉他是被迫做这份额外的工作，老板并未从第一天说清楚工作内容。但炒饭面的阿辉告诉他，这在中餐馆里是非常正常的事，老板有权给额外工作，工人无权拒绝。“对这些老板来说，咱们穷人的命都不值钱，”阿辉说，“你要是拒绝他的要求，就等于摆明了你不要这份工作。”李然只好硬着头皮，戴上了安全帽，骑车送餐去。经理递给他一张曼城地图，问题是，这是张英文地图，李然一字不识。“准备好了吗？”大厨将餐盒拿给他，指着地图上的路名，“就在这里！”他以马来西亚腔的普通话对李然说。

就这样，李然骑着摩托车，找寻他看不懂的这个英文地址。他顺着地图，驶过曼城英国广播电台大楼，他看到“BBC”三个大字，但不敢分神，他放慢速度往前驶，穿过了人潮拥挤的印度街，这是曼城南亚餐饮业最集中的地区，香浓的咖喱味整条街都闻得到。李然忍不住好奇地观望那些五颜六色的广告招牌下的印度餐馆。在闪耀的霓虹灯下，他突然感觉晕眩。可能是干了一天的活，还没有喘息的机会。没吃晚饭，他四肢无力，迎面而来的冷风让他打着哆嗦，他不得不在路边停下。他看看表，已经出来送餐十五分钟了，还没找到地址呢。怎么办？总不能回头。无奈地叹了口气，他又向前驶去。

第二回送餐时，他驶过了许多早已废弃的维多利亚时代的纺织厂，四周一无人影。一栋栋暗红色的空楼，像没人敢住的鬼城一样站在他跟前。他忍不住停下摩托车，上前往那覆盖着灰尘的窗里望，里面空无一物，但他想象当年一座座机器发出的隆隆声响和工人日以继夜的劳动，就像他和国华在哈特尔浦的电子厂一样。唉，他想，十九世纪的英国工人到底是怎么过的?

再往前驶，是一个个受青年喜爱的电影院和酒吧。这是知名的不夜城啊！到了周末，这些街道上都会见到喝醉酒谈笑的男男女女。

每一个工作日，除了洗碗打杂，李然就这样摸索着这张英文地图，一点一点地认识了曼城。这个拥有四十多万人口、英国最早工业化的城市，李然也逐渐熟悉了它古老又现代的相貌。

同时，小玲也在莫克姆的沙滩上一点点地认识了英国和它的劳动生活。在这里，海产工业的利润，掌控着工人的工作量和报酬，而中国工人的价值是以他们的高生产力和低廉的劳力来被衡量的。中国工人要比本地拾贝工人愿意多干活、做连班，更比本地工人便宜三倍以上。对当地工头和收购人来说，这就是中国工人的“可爱”之处。因此，对中国工人的招聘此时更是有增无减。当地的工头和收购人，直接控制着中国工人的生计。每当他们发薪迟了，像阿仁这样的小工头就会拖欠工资，而每个工人在国内都还有十几万元的债务要还。

阿仁第一回拖欠工资时，大伙看在同乡的情面上，虽心里担忧，都愿意等下去。而他第二回拖欠时，许多人开始感到恐慌。晚上在利物浦房里，大伙议论纷纷，欲寻解决方式。有人说，不然换队，到史蒂夫那里做吧。许华认为应继续撑下去。“就算是拖欠工资，我们还是得下去干活，”许华对小玲叹道，“要是离职，就更拿不到工资了！”小吴对拖欠工资之事似乎不闻不问，事不关己，早已一个人跑到伦敦“出差”，做护照买卖去了。

李然直到今日，仍旧是小玲的精神支柱。他对小玲的关爱未减，他知道他们俩之间在英国共患难培养出的默契，不会因小吴的出现而改变。更何况，他注意到，小吴似乎并不常在小玲身边。他想，或许在不久的将来，小玲会觉悟：在这世上并非一切都是能以个人物质的需要来衡量的。每天晚上十一点半结束一天的厨房工作后，李然就会拨电话给小玲。就这样，他给自己力量，继续在逆境中坚持下去，也给自己希望，希望她返回身边。数月以来，他也只能依靠这部手机与小玲保持联系，得知她的平安。

小玲说，看样子，阿仁是这里最差的工头。“他的要求比他哥哥阿勇还高，工人经常要做连班。”

“小吴呢？还在干活吗？”李然怀疑小吴能持续做这种体力活，他当时在塞特福德就没干过几天的活。

“他经常往伦敦跑呢，”小玲叹道，“说是去做护照买卖。”

“怎么？他不是说想当拾贝老板，自己带队吗？”

“是啊，但目前没资金，只好先在阿仁手下做一阵子。”小玲答道。

“你可千万别太傻，别把自己辛辛苦苦挣的钱也拿去投资啊！”李然说。

“你想太多了！”小玲笑道。

其实她心里明白，李然的担忧并非无道理。小吴虽还没有要求她投资，却已开口向她借钱，理由是他最近护照生意不怎么好做，手头紧。小玲已开始怀疑自己跟随小吴来到海边的决定。小吴不仅没有成为她在经济上的依靠，反而渐渐感觉像是她的负担。

冬天里，由于白天的时间短，海上拾贝的工作时间自然减短，工人都得经常休工。正月十五那天，因潮水极快，特别不适合工作，其他队伍的工头都叫工人在家休息。史蒂夫的中国工人队伍已休息了两天。其实，每个月到这个时候，大家都应休工，这是每个工头都清楚的规则。

有些英国本地拾贝工人仍下海拾贝，但他们很清楚潮水时间，都提早上岸。那天下午三点半，英国拾贝工人收工上岸时，阿仁却硬把他手下的中国工人分成两队送上车，载到了莫克姆湾工作。中国工人从未被告知潮水时间表，根本无法判断此时潮水情况。但他们都依照指示上了车。

路上，一辆车突然抛锚，停在路边。大伙急着讨论是否应上另一辆车去莫克姆湾。

“别的队伍都在家休息，”一位刚与其他队通过电话的福建乡亲说，“听他们说，今天潮水不适合干活，我们还是回去吧！”

“那怎么行！”十九岁的福建人志方说。他是队伍里最年轻的工人，此时他想到的，是家里父母还在等着他寄钱回去。“阿仁等着我们下去工作，我们回家，他的订单怎么办？”

“管他的订单！他还欠我们工资呢！”几个人凑上来说。

“我们不下去工作，就更没可能拿到工资了！”志方说。他是家中老大，他在英国挣的钱，不仅供全家生活，还要供弟妹上学。出国前，他在莆田鞋厂挣的钱，自己生活都有困难。眼看父母每天辛辛苦苦下山到镇上卖龙眼维生，他心里非常难受，外出打工是唯一改变家中状况的出路。他心想，今晚，他是非去拾贝不可。

最后，大多数人决定返回利物浦。由于阿仁一直拖欠工资，大伙都觉得没有必要，更没有义务要在车子都抛锚的情况下还想办法去干活。而少数人或担心触怒阿仁或感觉必须把握时间挣钱，如志方，决定仍去干活，他们就在路边等待另一辆车来接他们去莫克姆湾。

小玲、许华和淑真三人都在那辆没抛锚的车里。他们起程一个小时后到达了莫克姆湾。傍晚六点一退潮，天已黑，大伙就都戴着头灯，下海去拾贝。

在海上工作的人都知道，正月十五的海水猛得很，涨得快，很多人说它就像海啸一样，来的时候，怎么跑都跑不掉。阿仁其实心里很明白，但对他来说，一个晚上的时间，就是一个晚上的利润，他舍不得不挣。更何况，他要想建立自己的生意，慢慢除去像约翰这样的中间收购人，那么他就得提高生产量，满足客户的随时需求。此时，他最上面的客户是一家跨国海产公司，中国工人这个晚上拾的贝，将外销到西班牙。

海上规则是，涨潮前的两个小时大家就必须停工上岸，以保障安全。这天，中国工人下海工作的时间距一般标准撤离时间仅仅一个钟头，照理说根本不应下海。下了海应该最晚七点就停工上岸。而阿仁将这个看潮水的职责转交给新来的助手天龙。天龙对潮水时间还不熟悉，只凭眼力和直觉来判断。而阿仁放心地跑到莫克姆镇上和几个当地的华裔朋友打起牌来。他们正高兴地谈天说地玩牌之时，潮水慢慢地涨起来。

来自福清高山的老陈因腹部疼痛，告诉天龙他要提早上岸。从沙滩的一头走回岸上，要一个小时的时间。当他总算走到了岸边时，回头一望，海水正快速地上涨，此时是八点。工人们已被困在海上的渠沟之间，他们没有想到这些渠沟相当深，水一涨上来，就无法游过。

多数人不会游泳，只能打电话四处求救。天龙也被困在海上，“快想办法救我们啊！”他在电话上对阿仁说。阿仁一听立即前往海边，看了情势知道无法开车过去救人，他拨了九九九报警求救，但一时竟说不出英语，没能解释情况。困在海上的小玲，不知如何求救，只能打电话给小吴；而小吴此时在伦敦做护照买卖，没听到她的电话。眼看着海水到了脚底，快要淹没他们站立的渠沟之间的丘地，她忍不住泪水直流。想到的是家里女儿和父母，他们往后的日子该怎么过?

困在另一丘地上的许华和淑真，眼看海水凶猛，知道是逃不过这一劫了。淑真不断地试图打电话回家，要和儿子道别，但电话怎么都打不通。她想对儿子说："对不起，妈妈不该离开你！"

天龙的一位福清朋友在另一队伍里，已在屋里休息，完全不知海上发生的事。他打电话给天龙，想问他今晚工作状况如何，而已困在海上的天龙只能告诉他："现在水上来了，我没时间跟你说了。"几分钟后，他就被无情的海水卷走了。

九点钟，李然想提早打电话给小玲，问她好。今晚是元宵节，他想知道她是否照常去拾贝；但小玲没接电话，这是她第一次没接李然的电话。九点半、十点钟、十点半，小玲仍不接电话。李然突然有种难言的不祥预感。他立即拨电话给许华，许华也没接电话。

直到凌晨一点钟，一位天津朋友来电话。"出事了，他们出事了！"那位朋友上气不接下气地说，"晚上因为公司的订单多，工作量大，他们那个工头阿仁没及时报涨潮时间！"

"你说出事，是什么意思？他们在哪里？"李然焦急地问。

"他们四十多人被困在海湾里，四处求助，但你也知道，大伙都不会说英语，就因语言不通，救援来迟，”天津老乡缓缓告知噩讯，“他们多数都遇难了，现在还不知究竟几位，也不知究竟多少人生还。”

“不可能的！”李然不敢相信，他最恐惧的事，竟真的发生了。“不可能的！我的朋友都在那个队伍里！不可能的！”

第二天清晨，英国国家广播台中文台发布了噩讯：二十三名中国拾贝工人在海上遇难。据广播，他们是于昨晚十点后的一个钟头内，由于救援来迟，而纷纷遇难。遇难者名单中，李然听到了许华和淑真的名字。在英国的种种，早已让他知道，命运的残酷，是可以没有一点道理的！为了家庭奉献一切的父母，就这样牺牲了！许华走了，李然想起他们一同在哈特尔浦海边捉螃蟹的时光。他想起许华那书生模样，想起他滔滔不绝说故事的神情。每一时刻的记忆，都刺痛着李然，让他泪水直流，而他是个很少很少掉泪的人。

小玲呢？李然一夜没睡。为了听广播，李然早晨没去上班。电话上，老板不给假，而李然无法面对外面的世界，更无法工作。他知道可能因此失去这份工作，但他已顾不得一切。在住处的睡铺上，他一整天听着广播，急切地要知道小玲的下落。而一整天，从广播里都听不到小玲的名字。他想象小玲在海水里挣扎，游上了岸。他想象她沿着海岸线，逃离了布满警车和广播电台专车的莫克姆镇。她可能上了火车，回到了利物浦，甚至远去伦敦。他躲在被子里，哭肿了眼。他挥之不去的是小玲天真的脸庞，她温存的笑容，他不能接受，她竟生死未卜。她的一切，是否真已成为永不复返的过去？

在接下来的几天里，李然从新闻报道得知，淑真的尸体没有找到，而小玲的身份难以确认，她的尸体在海水里漂得太久，面目全非，没有人能确认她是谁，来自何方。在各媒体报道中的遇难者名单上，没有小玲的照片，更没有她的姓名和籍贯，只有性别——女。中国移民的圈子里只听到，这个身份无法确认的遇难者，是一名女性，是个北方人。

李然不愿接受小玲死亡的事实，他感觉小玲还活着，他告诉自己，她在任何时刻都有可能和他联系。他告诉自己，一定要找到她。

莫克姆湾悲剧后，阿仁手下的中国工人因恐惧移民当局的缉查，纷纷逃散。住在利物浦的其他中国拾贝队伍，也由当地工头一一解散。

巴洛镇的史蒂夫，也解散了他手下的所有中国工人。他要求他们等待三四个月，等风声平静下来再和他联系，回来拾贝。工人都很快地离开了兰开夏郡和坎布里亚郡（拾贝工作聚集之处），顿时，这个地区再也见不到中国人的踪影。大伙都迁至伦敦、曼城和伯明翰各大城市，透过乡亲的帮助和介绍，在餐饮业、食品加工业和农业里求生存。

而这些行业，特别是餐饮业，是移民单位扫荡黑工的重点领域。在莫克姆湾悲剧后，这扫荡之风席卷英国，长年依靠无证劳工的中国餐饮业更觉无法招架，纷纷裁员，即使服务多年的厨房员工也保不住饭碗。在此情势下，从兰开夏郡和坎布里亚郡逃散出来的拾贝工人很难寻得稳定的工作。有人借住乡亲家中，也有越来越多人不得不在街头贩卖盗版光盘。

数月后，莫克姆湾悲剧的影像逐渐从英国传媒里淡去，工头史蒂夫又再次四处召集中国工人；但为避免风险，这回史蒂夫不再包吃包住，他要工人自寻住房。他现在只提供交通工具。许多曾在莫克姆拾贝的中国人，因无法在大都会里找到稳定的工作，又一批批地返回海边干活。这回，史蒂夫为留住工人，提高了工钱：一袋贝可挣得十一镑。一个月后，又增至十二、十三镑。史蒂夫请了一名中国人来担任他的助理，登记工作量，这名中国人挣的是助理费用，而非工人工作量的利润。史蒂夫深恐悲剧重演，不愿让这助理担任像阿仁那样的工头角色，他要自己管理工人和海上工作规律。此时，工头彼得也仿效史蒂夫，重新开始召集中国工人，回到莫克姆湾拾贝。海滩上再次看到埋头苦干的中国拾贝人。

生还者之一的老陈，为了生存，只好又回到海上干活。他的福建老乡介绍他进入了史蒂夫的队伍。大伙都说老陈是个非常幸运的人。他总笑着答："大难不死，必有后福。"但老陈的"福气"迟迟不来，反倒是噩运不断。本来以为是较正规的老板史蒂夫，在大伙回到巴洛镇海岸才两个月后，竟开始扣减工资。他的说辞是，大家的生产量不够。而史蒂夫自己清楚得很，生产量的不足是由于过度的拾贝活动耗竭了这个海岸的贝。有些工人觉得无处可去，不得不接受这种待遇。有些人则透过乡亲，再往他处找工。

那年夏天，移民局突检不断，人心惶惶。当地工头们经常下令停工数日，以避风险。工人的收入变得极不稳定，拾贝真成了打零工。八月份，移民单位突检更为频繁，并在海上开始逮捕工人。海上的搜捕行动一直持续到年底，中国拾贝队伍也就这样，有一天没一天地干活，正如老陈说的："有没有饭吃，不仅要看天气，还要看运气。"

到了十二月底，中国拾贝队伍已缩小许多，被逮捕的逮捕，离散的离散，史蒂夫见工人人数渐少，也撑不下去了。最后，海上拾贝还是以彼得的队伍为主，毕竟，他是雇用移民劳工拾贝的开创人。他知道如何延续下去。他逐渐放弃了雇用中国工人的想法，觉得聘用中国人可能招来媒体注意，于是开始召集波兰工人。波兰现已加入欧盟，大批的波兰劳工正进入英国各行业。他们通过中介公司，被带进了兰开夏郡和坎布里亚郡的食品加工业，在那里从事低薪劳动。他们在莫克姆地区渐渐得知当地高利润的拾贝工业。有些波兰人便决定离开食品加工厂，加入了海上拾贝工作。彼得仍是莫克姆最知名的拾贝工头，多数波兰人就跟着他干活。虽然他们也同样低薪，且无海上安全知识和训练，彼得一点也不担心，因为波兰人是合法工人，他们的合法性掩盖了一切。

此时，小吴悄悄地回到了兰开夏郡。过去这几个月，他一直躲在伦敦乡亲家里。对于小玲之死，他心里感到万分愧疚，毕竟，是他把小玲带进拾贝业的。而他总不多谈小玲，可能是因为他的罪恶感禁不起他人责怪的眼光。每次老乡问到她，他就低声地说："是啊，很可惜。她是个好女人。"

小吴从未放弃他要当老板的梦想。这回，他自己来到了莫克姆湾北部的巴洛镇。他从乡亲里面召集组成了一个中国队伍，在镇上租了三套房子。他成为一名当地收购人手下的工头，当起了小老板。他心想，或许莫克姆海难悲剧对他来说是种契机，现在大多数的竞争对手都不在了，他总算可以称霸了。

然而几个月内，他不知怎么地周转不当，经常发不出工资，欠工人钱，也说不出理由。大伙都怀疑，工人的工资可能是被他赌掉了。

第五章 避风港 ——伯明翰

莫克姆湾海难那年年底，生还者以及其他中国拾贝工人多已离开兰开夏郡，到别处谋生存。有人前往曼彻斯特的中国城，有人南下到伦敦，找寻服务业和建筑业里的工作；也有人为了避风头，转向伯明翰一带较为隐秘的、多聘用无证移民的制造业和农业。在英国的中国劳工再次经历了大迁徙。

此时，李然不断四处打听小玲的下落。他仍不愿相信小玲已离开人世，但乡亲朋友们的回应总是一样——拾贝的中国人都知道小玲那天傍晚确实去了莫克姆湾。有生还者甚至说见到小玲和许华、淑真上了那辆驶向莫克姆湾的小型巴士。而李然也听说，有另一部车在路上抛锚，车里工人大多数回到了利物浦，没去拾贝。他怀疑小玲其实是在那些返回的人之中。她或许因恐惧被捕，逃到了别的城镇？或许沿途遗失了手机，无法联系任何人？或许……

李然不愿绝望。后来他又听说，有些生还者藏身在各地方，为了避风头，隐藏自己身份，也不透露自己过去的工作。李然有种感觉，小玲就是如此，藏身在英国某处。他告诉自己，有一天，他会在英国某一城镇见到生还的小玲。

自海难后，李然一直将自己闭锁在心灵的地下世界。从北方的电子厂到莫克姆湾海难，他眼见友人一个个的丧命于这个“先进”国家。他们年轻的生命就这样被生产齿轮残酷地绞碎了。他们的家属一分赔偿也没有得到。在哈特尔浦的厂里，公司的说辞是国华是“非法劳工”。在莫克姆海难后，遇难家属向英国当局索赔，而英国伤害赔偿局的拒赔理由也是，遇难的工人没有身份，是非法劳工。

李然打电话向许华家属致哀。就像李然不能接受小玲遇难的事实一样，许华的儿子小强至今仍不能接受父母双亡。母亲的尸体还没找到，他就还抱着一丝希望。十四岁的他告诉自己，母亲可能是因为各种原因，无法打电话回家。在学校里，他不愿告诉同学们，他已成为孤儿。许华的姐姐担起了抚养外甥的责任。她和许华的感情好，当初就舍不得弟弟出国。怎么也没想到，弟弟和弟妹会为了养家，竟丧失了宝贵生命。看着墙上还挂着的弟弟从莫克姆湾寄来的一张照片，她想着他当时可能的生活，不禁痛哭失声。那是他在遇难前一个月捎来的照片，那莫克姆的天空多么灰暗！弟弟脸上没有一丝笑容，好像这照片是为了给家里人看，不得不拍的。她想，或许是弟弟工作紧张，挤不出笑容？她想起，当时弟弟确实曾向她透露，有时工资没发，心里很担心还不了债。现在，这债务就全都落在儿子的身上了。

小玲的父母和女儿直到莫克姆湾悲剧发生两天后，才从伦敦的东北乡亲那里得知噩讯。由于英方一直无法确认她的姓名和身份，小玲的家人就和李然一样，不愿相信小玲确实遇难。

夜深时，李然躲在被子里掉眼泪，他想到的是这个悲剧造成的一个个没有父母的孩子。小玲同事的话，让他恐惧小玲真正死亡的事实。如果是真的，小玲的女儿往后的路该怎么走？

李然再也无法承受曼城厨房里的压迫感。莫克姆海难那天没去上班之后，张经理的态度恶化，好像现在他有了借口可以不把李然当人看待。在这里，他不再是个挺直了腰的人。他感觉就像是被套着锁链的畜生，不允许有情感，不允许有知觉，不能质疑，不能叹息。他能做的，只是不声不响地服从每一道命令。切菜、扫地、洗碗、送餐，他感觉他就是个听话的畜生！但老板似乎不会满足。老板得到的越多，要求的就越多。李然外出送餐的次数增加了。最后，老板索性让他送半数以上的餐，省下了雇用全职送餐人的工钱。

当李然正考虑寻找新工作时，厨房那位天津老乡告诉他，伯明翰那里天津移民较多，在那里干活能受到照顾，不会像替香港老板干活那样吃力。“香港老板总把咱们当二等人对待，咱们的薪资是‘大陆标准’，知道吗？”老乡说。李然清楚得很。

老乡又说："那些香港老板，以前刚来英国时，也是受过苦的，也是被人歧视的对象。可悲的是，当过奴隶的，要是有一天成了奴隶主，那可是要比谁都刻薄啊！他们这些老板的心态是，他们曾过过苦日子，那么我们也非得尝到苦味不可！他们以前的苦日子，让他们一个个成了虐待狂了！"李然点点头，也有同感。

"你在这儿不开心，还是去伯明翰吧！"老乡劝说，"那里也有几位东北人，他们都是从伦敦来的，因政府的扫荡黑工行动，刚被老板开除，无处可去，才被伯明翰的工头招聘到那儿干活。"

东北人？李然心想，他们会不会是沈阳来的？会不会认识小玲？或听说小玲身在何处？

"你还好吧？"老乡看李然有些精神恍惚。

"哦，还好。那是什么样的工作？"李然问。

"什么活都有，葱场、书厂，干不完的活，"老乡答道，"葱老大都包了。"

"谁是葱老大？工头吗？"

"是啊，而且是咱老乡，会照顾咱们的！葱老大这人不坏，话少，挺有本事的，他从英国上上下下招了不少人给他干活。现在在英国中部这些农场、书厂，全都是让他在招人。跟着他没错，我都做过两个月。是这儿工资稍高，我才过来的。"

"他收多少钱？"李然很清楚，就算是老乡，介绍费也是免不了的。

“一百五十镑，你到别的地方还更贵呢。”

今年四十岁的葱老大成为英国中部米德兰区最大的中国工头，也不过是这五年来的事。这里很多乡亲都知道，五年前他的起点和大家一样。他刚到英国时，身上只有一百块英镑，急着找工。幸运地，他认识了同乡的一位女工，介绍他来到米德兰的伯明翰，拔葱就成为他的第一份工作。当时大家喊他老李。他省吃俭用，每日就靠几片土司饱肚，最多抹上一点牛油，增加点热量。他打第一天就拼了命地干活，在田野里拔葱从不抬头、不休息。他那种超过一般人的体力，看在当时马来西亚华裔工头戴维眼里，很是欣赏。他觉得最需要的就是像老李这种卖命的工人，他心里开始盘算着怎么好好利用老李的长处。

老李心里也有很多想法。他看着工头戴维那懒散的样子，又不太会说普通话，与工人沟通总得通过来自中国东北的女友，老李窃笑，暗自计划着自己的未来。有一天，他希望能争取到大家的欢心，希望能取代戴维，成为这里的老大。其实，老李的野心是可以看透的，大伙都感觉得到，老李极力取悦葱场的大工头阿敏，也就是一位英籍的南亚裔移民。老李最想做到的，是与葱场主直接合作，但由于缺乏英语能力和人脉，他始终无法与葱场主直接联系上，必须经由中间管理人事的大工头阿敏。

戴维因为会说英语，中国工头的位置一直是非他莫属。但他和工人之间没有来往，大家只知道他有个坏习惯：他爱上伯明翰的赌场。而且，每回去赌场，他都会带着一万镑的现金，痛快地玩一把。老李打心底鄙视他，却又羡慕他有赌博的本钱。其实，那一万镑钱都是工人们的工资。每次大工头阿敏发了钱给戴维，戴维就直奔赌场，谁也劝不了他。一进了赌场，他就像失了魂一样，六亲不认。

一天晚上，他又在伯明翰赌场玩。平常他手气都不坏，但那天晚上，他分心了，竟把所有现金都输光了。那是工人们一周的工资。他不敢告诉任何人。第二天，大伙都问他，工资何时发。"明天。"他回答。而他心里很明白，他第二天是拿不出这笔钱的。那天晚上，他把事态告诉了他的东北女友，他俩就连夜悄悄地离开了伯明翰。自那晚，没有人再见过戴维。

戴维的突然离去给葱场造成了恐慌。没有戴维，葱场的大工头阿敏就无法招聘廉价的中国劳工。阿敏急了，他该如何持续下去多年来和葱场维系的良好关系以及高利润的生产力？此时，老李的机会总算到来了。他立刻自我推荐，接管了戴维的工作，引进一批又一批的乡亲，而且效率比戴维还高。五年以来，老李从戴维建立好的基点开始，也就是伯明翰和临近地区，逐渐扩展他的领域，经营起整个北汉普顿地区的劳动力征召和输入，成为英国中部农场、食品工厂和书厂间最知名的中国工头，也确确实实成为“葱老大”。

李然抵达伯明翰那天，葱老大开着标致来接他。李然不禁上下打量着这位名气响亮的工头。他全身黑衣，黑皮夹克，紧身的黑裤和一双擦得油亮亮的皮鞋。李然心想，这身打扮怎么在葱场监工呢？

葱老大驶向市郊，一语不发，李然望着毫无生气的街景，沿街零星几家商家和一个个钉上了木板的酒吧，让他忆起哈特尔浦。他突然觉得全身发冷。

“每周房租是二十五镑。”葱老大打破沉默。

李然点点头，立即从口袋里掏钱。

葱老大往右拐进了小巷，在一栋老旧的二层楼房前停了下来。他领李然进了屋，屋里就摆了一张餐桌，几张塑料椅，什么也没有。房里传来一阵阵烧香的气味。“楼上的阿婆又在拜佛了。”葱老大摇摇头说。这阿婆原来是位马来西亚华人，是这里唯一来自马来西亚的工人。楼上还住着三位来自沈阳的女工。

“现在女工越来越多了，”葱老大说，“我刚来英国时，咱们这儿是男重女轻，当时男女人数比例是十比一。这几年来，国内出国打工挣钱养家的女人越来越多。现在咱们这儿男女比例差不多是五比一。这些女工很多都是东北下岗的，家里都有儿女，来到这儿什么都愿意干。”

李然后来才发现，葱老大所说的“什么都愿意干”指的是什么行业。在伯明翰，葱老大就经营着两家按摩院，提供性服务给本地人。葱老大可真是懂得“善用”每位中国人所能付出的劳动力。

葱老大领着李然上楼，那楼梯窄得几乎要侧着身子才走得上去。“你睡三楼。”葱老大指示。他的意思是十平方大的阁楼。李然爬上了阁楼梯子，见到上面住着两位天津乡亲。他们这三个大男人，就挤在这个窄小空间里。李然心想，葱老大还真说的没错，这是个“睡觉的地方”。

两位天津乡亲之中，一位刚从伦敦过来，另一位刚被伯明翰市区里的一家中餐外卖店革职。

“这阵子移民单位突检频繁，”那位刚从外卖店失业的乡亲告诉李然，“我那老板在柜台下装设了一个警铃，一有移民官进门，老板就会按警铃，让我们在厨房里干活的人快从后门逃跑。”

“这招有没有用？”李然问。

“刚开始还管用。上周移民单位突检，老板就是这样没被逮着雇用黑工。咱跑得快！但这突检发生后，老板变得精神紧张，好像受了创伤似的，每天战战兢兢的，生怕移民单位再来突检。他说，被抓到雇用黑工的话，雇用一个就要罚一万镑！”

“我那老板也一样，”从伦敦过来的乡亲说，“被突检一次，他就做不下去了，虽然没抓到人。”

“是啊，这叫精神控制，移民单位还是够厉害的。两天前，我老板突然宣布要解散厨房员工。他对我们说：‘你们没身份，以前可以照顾你们，但我现在自身难保，顾不了你们了！’我们就这样全失业了。”

“还好这里有个老乡葱老大！我马上想到跟他联系，这个地区还是他势力最大，”伦敦来的乡亲说，“葱老大这地方是个落脚地，很多刚到英国找不着活的人来这儿，在英国失业的人也来这儿。这儿比较隐秘，像是个避风港一样。”

“是吗？”李然问。他想，这真是个能给人安全感的地方吗？

隔天清晨四点，天还没亮，李然就被大伙叫醒了。“抓紧时间吃早餐吧。”乡亲们告诉他。

李然进了厨房，做他拿手的葱油蛋饼。用餐时，见到了楼上下来的三位沈阳女工。他忍不住想起了小玲。他偷偷地问自己：小玲此时会不会也在伯明翰？她是不是也在这儿避风头？有没有可能，她现在就住在葱老大的另一工人宿舍里？

三位女工的嗓门比较大，一边嚼着馒头，吃着酸菜，一边聊葱场闲事。

“那个阿敏，也不照照镜子！长得又矮又丑，还一心想泡妞！”

“他还到处和人说，他就爱泡中国妞！”

“听说，他常去葱老大的按摩院呢！”

旁边坐着一位格外安静的女工，她头也不抬地在吃粥。

“你老家在哪？”李然问，看她朴素的打扮——白衬衫、黑长裤——不知她是哪个地方来的。

“浙江温州市郊。”她答道。

“好地方，”李然应道，“英国也有不少浙江人吧？”

“不多，几千人吧。”

“来英国多久了？”

“两个月。”她似乎不想多说，也不想对李然提问。

“今年多大了？”李然又问。

她抬起头来，皱着眉头说：“你问题还真多。”

“既然大家要生活在同一屋檐下，就得稍微了解一下。”李然摆出一脸稚气和不在乎，逼得温州女工不得不回答他。

“三十二岁。”她说。比李然大了几岁。他想，实在看不出来！那清纯的面孔，乌黑的长发……

“介意我问你芳名吗？”

“婷婷。”

“你怎么来到葱老大这儿的？”李然又问。

婷婷看来真不愿回答，起身往门口走去。“该准备走了。”她说着穿上了靴子，戴上手套，然后将饭盒紧紧密封在一个黑塑料袋里。她回过头对李然说：“你照着做吧。待会儿在葱场里泥土满地，什么东西都不能放下。”

李然觉得她特别细心。他凝视着这个气质不凡，看似神秘的南方女子。她与小玲是多么不同，她没有小玲的天真笑容，没有小玲的傻样。这个温和又深不可测的南方女子，似乎有着许多难言的故事。

一会儿，葱老大开着一辆老旧的白色小巴士来到房前，大伙从屋里听见旧车隆隆的马达声，纷纷穿上靴子出门。李然跟在婷婷身后上了车。同时，葱老大雇的司机驾着另一台小巴士，到城里的另一住房去接人。每台车里挤坐着十五人，大伙一上了车，就都依着窗，在补充睡眠。天才刚亮，窗外无尽田地，在晨雾里呈现出一片朦胧的绿。李然倚着车窗，不禁回想起和小玲坐小巴士去塞尔西的第一天，那蓝天白云和覆满莴苣的田园。小玲稚气的脸庞和她对未来的乐观期待，怎能忘怀！还有去葛兰平的第一天，那梦幻似的都铎小镇和茅草古屋。他记得有一天，中介公司的巴士没来，一名巴西同事被派来当临时驾驶，他开着四人座的轿车，里面载了六位工人，不只超载，巴西同事还猛超车。最后，引来了警车，追在他们后面。李然永远忘不了那惊险的路程和小玲天真的那句话："咱们坐着巴西飞车去英国肉厂上班，一路上还穿越中世纪城镇，真是精彩极了！"

李然回想，他俩共同走过多少路，多少不知尽头的路！小玲啊！你何时能出现在眼前？

"你缴了介绍费了吗？"婷婷突然打破沉默，轻声地问李然。这是她第一回主动和李然说话。

“还没有，”李然答道，“葱老大告诉我得缴一百镑。”

“葱老大是你老乡，所以他只向你要一百镑。我们不同乡的都得缴一百五十镑到两百镑，看得比较顺眼的，缴一百五十镑，看不顺眼的就得缴两百镑。”

“你说话小心点儿，他可能听得到。”李然指着在前座叼着烟开车的葱老大，提醒她。

婷婷凑过身来，在李然耳边小声地说：“你别太紧张！葱老大可不是老板啊，他上头还有个孟加拉国籍的大工头阿敏呢。”

“你才来这儿没多久，什么都搞得清清楚楚啊！”

“这些都是看得见的事情！葱老大每天当大伙的驾驶员，大工头给他每周五十镑驾驶费。葱老大自己也下去拔葱，负责点数，搬运产品，他的工资都是大工头发的。然后他再发给我们。”

“葱老大不抽成吧？”李然问。

“不。大伙都说，他跟以前的那个戴维不一样，他没那么狠。”

“想必他挣咱们的房租和介绍费，也挣够了。”李然低声说。

“真正挣大钱的是大工头，”婷婷又凑过来，她的脸颊贴着李然的肩，“他的工人不只是我们中国人，他还从伯明翰招来很多南亚的工人，他们都是刚从印度、巴基斯坦和孟加拉国过来打工的。听说他们大多没身份，跟我们一样。但因为大工头是孟加拉国人，他们的一箱葱要比我们高一两镑。”

“中国人又是最廉价的。”李然苦笑。

此时，如果他俩看得懂路标，就会知道他们已被载到了伍斯特郡的一个叫作依夫森的小镇。这是英国中部的农业集中地。由于它肥沃的土壤，在小镇周围的园艺业兴盛，以出产水果和蔬菜为名。这个仅有两万人口的中世纪小镇，看上去就是个花城。每天清晨驶过依夫森镇时，婷婷总喜欢往窗外看那些长满了玫瑰爬藤的农舍，一栋栋土色的矮房，映在金黄日出之下，这一刻总让她振作起来。

依夫森镇尚未从睡梦中醒来，工人们已抵达葱场。李然看看时间，六点整。四五辆小巴士已停在路边。许多南亚裔工人已在田里劳作。葱老大指示大家各就各位，每人都被分配到十排葱地。李然跟着天津老乡，看样学样，剥去葱皮，用小刀切掉根部，把九条葱捆成一束，然后将一束束的葱装箱。“每个箱子都得有六十束葱，知道吗？”葱老大在李然身后提醒他。

“每箱的工资是三镑钱，”婷婷告诉站在旁边一排葱地的李然，“你动作得快，不然挣不够钱！你拔得多，就挣得多。”

李然看着瘦小的婷婷，不知她哪来的力气做这粗活。“你一天能拔几箱的葱啊？”

“十箱到二十箱，”她面无表情地回答，“所以我每天挣得三十到六十镑。”

婷婷见李然不说话，添了一句：“你可别以为我们女人就做不来这工作啊！你看看，葱场上的女工有将近一半！她们都和我一样，一天下来可拔到十几二十箱的葱。”

“很佩服你！”李然说着，赶紧低头拔起葱来。

“你家里有孩子吗？”婷婷突然问。

“没有。我还没成家。你呢？”李然问，而心想他一眼就看出婷婷是位母亲。她年纪虽并不大，但沉着的面容和疲惫的微笑让人感觉她是个有“负担”的女人。

“我家里一个女儿，九岁了。”

“你爱人一个人照顾她？”

“我们早已离婚，”婷婷又挤出勉强的笑容，“我现在不知道他在哪里。说不定，他也出国打工了，很难说。”

“不知道他在哪里……”李然重复着婷婷的话，又想起了小玲。

“你怎么了？”敏感的婷婷注意到李然暗淡的神色。

“没什么。我只是在想，和爱人失散是多么痛苦不堪的事。”

李然发现，装满一箱的葱，要大约一个小时。也就是说，一个小时的工资仅仅三镑钱，不到英国全国基本工资的一半。他想到微薄的工资，又赶紧加快速度。他用小刀松动泥土，使劲地把葱从土里拔出。有时，拔三两下就可拔出来；有时泥土太紧，怎么都拔不动。“下雨的时候大概会好一点吧，泥土会松一些吧。”他自言自语。

正当李然开始感觉腰酸背痛时，十分钟的午饭时间到了。他往远处望，看到葱老大在小巴士的前座仰着头打盹。旁边停的另一辆小巴士里坐着一位在吸烟的长发中国男人，婷婷说他是沈阳来的老刘，也是在替大工头召集中国人。不过，老刘不会说英文，得靠他的马来西亚华裔女友安琪来和大工头沟通。这安琪说服了老刘，让他从工人工资里固定扣取中介费。婷婷说，幸好老刘的人际网没有葱老大那么广，不然更多中国人就要受苦了。

说着，他俩见到葱老大车后走来一位看似南亚裔的个子瘦小的年轻男人，身着白汗衫、牛仔裤。

“那是谁啊？”李然问。

“那就是我跟你说的那个大工头阿敏啊！”婷婷答道，“他掌管这里的一切人事，就连晚上的书厂也是他包的。”

“书厂？”

大工头阿敏和书厂之间签有合同，他每天送上日夜班的工人无数，他们来自各地：中国、印度、巴基斯坦、孟加拉国。日班的工资是三镑一，夜班是三镑五。中国人因白天在葱地干活工资低，晚上多上书厂夜班。

“咱们非得上夜班不可吗？”李然问，“白天葱场的活儿也够累的。”

“葱老大如果叫我们去，我们就得去，否则你不会有第二次机会的。我们大家都希望有更多工作，而不是更少，对吗？葱老大的想法是，他给我们工作，是看得起我们。只要好好干，到了冬天还会有活可干。你想想，冬天一到，这些葱场就停工了，我们就只剩下书厂的活了。否则，你还得到别处去找工。葱老大是希望我们留下来过冬，这样他也好继续赚我们的钱。”

就这样，李然跟着大伙，早出晚归，一天至少要干十六个小时的活。

这天，晚上七点，大工头阿敏来到葱地收货。他向大家挥手，指着手表，示意大家停工。婷婷大概是这天分神了，仅拔了五箱的葱，挣得十五镑。李然拔了三箱。“今天还拿不到工资呢，”婷婷说，“葱老大每两周发一次工钱。”

葱老大刚载大伙回到伯明翰屋里，靴子都还没脱下，他的电话就响了。大家都猜得到，是大工头阿敏打来催工了。

“半个钟头内，书厂需要三十个人。”阿敏交代。

“行，行！没问题！”葱老大毕恭毕敬地答应。电话一挂，他就立即吩咐大家，十分钟之内准备好，去上夜班。

书厂离宿舍仅十五分钟，位于一条没有路灯照明的后街。小巴士驶进书厂时，已有许多南亚裔工人在铁门外等待开工。李然疲惫不堪，拖着步伐，跟着大伙走进了工厂。让他讶异的是，厂内灯光暗淡，只有一盏日光灯，室内几乎和室外一样。厂中间摆着三张长桌，四面墙下堆满了一箱箱的杂志书刊。管工要求大家各就各位，站在桌前，各自动手打开书箱。李然跟着婷婷打开身后的书箱，里面都是一套套中国制的玩具书。“你把每一套玩具书打开，把玩具放进塑料套里，这样成套了，你再把它放在箱内。”婷婷告诉他，“一个小时内，你得做到十五箱。”

“这么多？我动作没那么快！”李然紧张起来。

“你得尽快！他们这书厂不给人机会的！”婷婷说，“你要是达不到要求，他就不雇用你了。好几位中国人都第一天就被送出厂了。”

李然一听，拼了命地加快速度。旁边站着一位来自沈阳的女工，李然早上见过她，但还没机会和她说话。她看来做得很吃力，装箱速度慢。

“你来多久了？”李然问。

“我昨天到。”她答道。她自我介绍，说她名叫王平。“这是我第一回来书厂。”

“你从伦敦过来的啊？”

“是啊，现在查身份查得紧，餐馆老板把我们都炒了。”

李然听了摇头叹息：“日子是越来越不好过了。”

“是啊，”王平也叹了口气，“本来我嫂子看我在伦敦做不下去了，叫我去莫克姆拾贝，好歹也跟她在一块。没想到，这话才说完，两天后她就溺死了。”

李然讶异地抬起头看着这位沈阳女工。小玲也来自沈阳，她会不会认识小玲？她说的嫂子是谁？

“我有个沈阳朋友，也在那个出事的队伍里。”他低着头说。

“是吗？”她提高了声音，“叫什么名字？那儿的沈阳人我大多认识。”

“她叫小玲。”

“小玲！她就是我嫂子。”

李然无言以对，好像回到了噩讯那晚，他突然全身发冷。站在他身旁工作的，竟是小玲的家属，就好像这是天意，要向他传达小玲的死讯，要他死心，接受事实。此时，他一个字也说不出，只是泪流满面。泪水沾湿了他面前一本本的玩具书。

“快点儿！动作快点儿！”半个钟头后，管工走过他俩身旁，喊着。

王平赶紧低下头干活。一个钟头到点了，管工喊着大家停工。他开始一一点数箱数。李然刚满十五箱，管工向他示意，要他继续。王平仅装了十箱，她还没机会解释，管工立即挥着手说：“你可以回家了！”

王平站在桌前，不知如何应对。李然不会说英语，就用一个词为王平求情：“New! New! 她是新来的！再给她一次机会！”

管工看都不看他一眼，手指着厂门，对王平说：“你去外头等车回家！”

王平在这么短的时间内失去了工作，不知所措，忍不住哭出声来。

管工理都不理，走向其他工人面前，点数他们的箱数。看来，王平是今天唯一被开除的工人。她缓缓走向厂门，工人们没人敢抬头望她一眼，好像生怕被管工视为同类。王平抬头看到墙上的钟，此时九点半，距离大家午夜下班的时间还有两个半小时。她该去哪里好呢？她根本不知道怎么回到宿舍，她甚至连工厂在这个城市的什么位置都不知道。这是她的第一天啊！

王平走出厂，在外头找了个墙角，坐了下来。她得等到午夜，大家工作结束时，跟着大家坐小巴士回去。今晚的活是白干了，连工资也拿不到。工厂管工说，达不到工作量的要求，就别想领工钱。别的地方也有这样的人间地狱吗？是有的，她想，但自己从未亲身体验过。人间地狱。她尝到滋味了。她想着想着，又泪水盈眶。怎么走到了今天这个地步？为的就是给家里寄钱。她想到小玲，多么可爱，可怜的小玲！和王平的哥哥离婚后，她就没过过一天好日子。出国确确实实是不得已的。小玲多么爱她的孩子啊，哪里会轻易离家！王平想着，她自己也做了多少不得已的事，都为了孩子……她想着想着，泪水就不听话地直流，身上没带纸，只好擦在袖子上，把袖子全擦湿了。

李然在厂里继续干活，心里担心王平，气自己没有能力帮助她，替她解围。这工作是一分钟也不允许分神的，没有工人能在上班期间出厂。管工对他们的监督，就好像监狱长看管囚犯劳动一样，不曾放松过。

尽管这里的工作条件如此恶劣，进入这个地区的中国人却有增无减。

很多人将伯明翰和临近葱场视为“安全地带”，远离中国人口众多的伦敦都会，没有就业机会上的激烈竞争，更不受移民单位注意。

而婷婷比谁都明白，这个避风港意味着什么。她来到这里，不仅是为求稳定生计，也是在保护自身，试图将难言之苦埋藏起来，给自己“复原”的机会。她最不愿谈的，是她在英国的第一份工作。李然不明白她的沉默，每回问到“第一份工作”，他都能感觉到那是婷婷内心的秘密。

三个月后，在李然生日那天晚上，天津老乡为他做了寿面，大伙围桌谈天。李然难得喝了点酒，婷婷也在大伙劝说下喝了一杯。不习惯饮酒的她，一下子就喝醉了。天津老乡上楼就寝后，婷婷对李然吐露了她一直埋藏着的一个故事。

“我刚到英国时，人生地不熟，在这里没有什么乡亲。我们不像福建人和东北人，所以我们浙江人找工作比较困难。我只能从华文报上找了十几家唐人街的中介，选了收费最低的一家，缴了一百镑的介绍费，才找到了一份家庭保姆的工作。那中介见了我，第一个问题就是：‘你是要做家庭保姆，还是按摩院保姆？’我当时还不懂按摩院就是做性服务的。”

李然屏息倾听。

“那第一份工作是在伯明翰市区里。我就拎着行李，来到这个陌生的城市。我的老板没来车站接我，他们要我自己找路。好不容易，我在伯明翰的富人区找到了他们家。”

“富人区？”

“是啊，伯明翰也有富人区呢。我的老板住的是独栋洋房，他们是一对英籍越南华裔夫妇，经营外卖店的。他们有一个两岁的儿子，太太怀孕六个月，照顾不来孩子，也没法做家务，所以需要雇用保姆。太太不太会说普通话，说话总是中英语混合，我老是听得一头雾水。那天进他们家，真让我开了眼界了。从来没进过英国本地人的屋，室内地上铺着大理石，客厅里那宽敞的窗，阳光十足，感觉明亮。厅里装潢豪华，摆了好多昂贵古董，电器都是成套的。他们俩告诉我，我每天的工作是给孩子做饭，给老板和老板娘做饭，做卫生清洁工作，去荣业行买菜，洗衣。这可不只是一份简单的保姆工作啊！”

“他们付你多少钱？”李然问。

“包吃包住，不休假，一周一百六十镑。那时，我还觉得是很好的工资呢，比我在国内当店员要强十倍呢！他们提供我一个小储藏室做我的卧房，在厨房后面。虽然很小，只够放一张床，但我很满足了，我当时想，至少还有窗户呢！我不能缺少的就是阳光了！”

“你还真知足。”

“太太看来很温和，我一心就想好好的做这份工。每天早晨六点，我就起来为老板做粥吃，太太喜欢吃吐司，我就烤几片吐司给她，然后炖肉给孩子吃。太太可宠孩子了，说每天都得炖肉，才有充分的营养。我在想，才两岁的孩子，怎么需要每天吃炖肉呢？我家儿子从没吃这么好呢。”

“他们开外卖店的，知道怎么喂饱孩子。”李然笑着说。

“是啊。太太说她怀孕前也在外卖店里帮忙，接电话，接单。她好像很寂寞，怀孕后就不能去店里了，每天一个人在家里，老公也不怎么体贴她。她每到中午，老板去店里时，她就叫我坐下吃午饭和我聊天。她就是需要一个说话的对象，我就坐在那里听她说。我看得出来她不快乐，老板是个心术不正的人。他从第一天起就让我不自在。”

婷婷说到这里停顿下来，又喝了一口啤酒。李然注意到她的焦虑。

“那老板，每天早晨见到我，就盯着我看。他走过我旁边，就抚我的肩，摸我的背，我赶紧闪开，但他的这些肢体动作不断。我实在觉得难受，但又不能直接反应，更不能告诉太太；而老板对我的骚扰有增无减，每天早晨我害怕见到他，怕他又碰我。在厨房里做早饭的那一个钟头，是我最难受的时候。我现在回想起来，才明白当初的忍耐是一大错误！我越是让步，他越是得寸进尺！”

“你因此离职了，对吗？”李然问。

“我怎能轻易离职呢？家里等着我寄钱啊！”婷婷说，“我只能忍着，没想到事情恶化得那么快。那天，太太回娘家，老板刚好休假在家。我洗了衣服后，把衣服拿到我房里，一件件的折起来。老板突然推门进来我屋里，他连门也没敲。我马上感觉不对，他脸上那紧张的神色让我立刻感觉他不怀好意。他进来后把门关了，对我说：‘我喜欢你’。我不答他，也不看他一眼，继续叠衣服。他提高了声音对我说：‘我看上了你，是你的幸运，你懂不懂？’他话一说完，突然走过来，把我推倒在床上，我大声求救，他紧紧捂住我的嘴，他力气大得很！我根本无力反抗。他扯下我的长裤，强迫我，我只感觉眼前一片晕眩，叫不出声来！他同时还不停地使劲地抓我全身，我身上的伤一直到事后一个月后都还在。他满足了以后，就起身出去了。”

李然此时无言以对。他从没想过，一个女性在英国打工可能有此遭遇！一个为了家在外奔波的母亲，竟如此不幸！这是多么不公平！回想这过去种种，也让婷婷红了眼眶。不管她怎么埋藏这段记忆，它总是那么清晰，就像昨日刚发生一样。

“要是这种事发生在国内，我肯定是会去报警的！但在英国我没身份，不敢报警。但我应有权要求他们赔偿我，太太回来时，我把一切都报告给她听。我要辞工，我也要求赔偿。我说，这是性侵害，我因为性侵害而辞工，必须赔偿我。太太几乎崩溃了，我从没看过一个女人那种精神状态！她坐在我床上，号啕大哭，说她丈夫不是那种人。我对她说：‘我知道你对我好，太太，但是你丈夫这样伤害我，我是不得不要求赔偿！’她听了哭得更厉害了。老板这时候走进来，面色难看，对我说：‘我给你三百镑，行了，你走吧。’我说：‘你当我是傻瓜吗？被你强暴，不报警已经是便宜你了，你想这样就打发我走？’太太听了又歇斯底里地大哭起来。然后，她突然跪在我跟前，请求我原谅她丈夫！她求我饶了他们，说她是个怀了孕的女人，说他们没有钱，要我同情她，接受这三百镑赔偿。我见她那没有尊严的样子，对她是又怜悯，又鄙视！我为了她，接受了这三百镑赔偿。”

第六章 按摩院与中医诊所

李然非常明白，这个避风港，其实是个陷阱，而且这陷阱深不可测。你在这里待得愈久，陷得愈深。在这里待了一年半载的人，多数逐渐失去了在大城市里求生存的技能和资源网络。而当他们意识到自己的处境时，为时已晚。他们发觉自己难以离开葱老大的王国。

王平在被书厂开除后，想回伦敦找工。葱老大为了赚她的房租，劝她留下。

“书厂的英国佬是认不得咱们中国人的，”他说，“对他们来说，每个中国人长得都差不多。你得再回书厂干活。”

王平决定试试自己的运气。果然，那位开除她的管工没认出她来。同屋的老乡都告诉她，其实，被开除的中国工人多数会回到书厂，就因为管工不会认中国人。

“我怀疑，这是书厂的计谋，”李然说道，“他们是用这个方法来不付中国人工资。如果每人的第一个班次都领不到工资，书厂必定省下不少钱！”

无论如何，王平蒙过了管工的眼睛，又做起了包装工作。

这回，她跟上了生产速度。

自从婷婷对李然吐露了自己的遭遇后，他俩就变得形影不离。李然成为她最贴心的朋友。“在这个国家，能找到一个谈心的知己真不容易。”婷婷说。较李然年长几岁的婷婷，对他的生活起居非常照顾。早晨出门之前，婷婷总把他的饭盒都准备好了，带在身上。傍晚回来，她也经常为李然煮面吃；而李然总是在葱地上干活的时候帮助婷婷，特别是拔大葱的时候。大葱地是大伙公认最吃力的工作地点。大葱长，比小葱难拔，而葱老大交代说，如果装箱没装满，就拿不到那一箱的工钱。婷婷达不到工作量要求时，李然总把他的葱堆到婷婷的箱里。

休工的一天晚上，大伙一块做饭，谈天。一位乡亲谈到了莫克姆海难。王平见李然沉默不语，她低声对他说：“你知道，她是不会回来了。让她走吧。”

日子久了，李然逐渐接受了小玲不在的事实。他不再想象会在人群中见到小玲。她那张天真的脸蛋永不会消逝，对她的记忆和怀念，永远深刻；而她不再带来止不住的泪水，她成为一种特殊的力量，告诉他，无论英国的日子有多难过，都要坚持下去。

这种坚持支撑着李然，让他能忍受日夜不停的劳动，也让他在葱老大的地盘上停留了将近一年。这一年期间，他看着一个又一个中国人进入这个避风港；每个人都历经沧桑，这里是他们没有选择的选择。到了十一月，葱场的工作停了，大伙得等到明年春天才能再去拔葱。这段期间，伦敦餐饮业听说查身份查得越来越紧，三天两头就听到中餐馆被移民单位突检，工人被遣返回国的消息不断。这情况对葱老大当然最有利，他手下的工人都不敢回伦敦找工。李然也在天津乡亲的劝说下选择继续在书厂工作。

冬季漫长的四个月里，大伙只能依靠书厂微薄的工钱过活，更不用说寄钱回家了。王平因为急于提供国内家人的生活费用，在葱老大的说服下，决定去他在伯明翰市区里经营的按摩院当保姆。那天，葱老大领着王平，来到离唐人街不远的一处住宅区。按摩院位于一栋不起眼的公寓二楼。“一般客人要从地方报上才知道怎么联系我们。地址是不可以随便给的，知道吗？”葱老大交代她，“客人来电话，你就只告诉他街名，然后在街角等他，把他接过来。”

葱老大的合伙人是一名来自马来西亚四十岁长发披肩的女人，名叫西妮。葱老大和西妮的这种合作关系是互惠的，或说的直接一点，就是大伙所称的“狼狈为奸”：葱老大负责聘雇中国妇女，哄骗她们进入这个行业，而西妮因有身份，负责租房。葱老大平时忙厂里的事，因此按摩院的大大小小事务多为西妮管理。但为了防范警察突检，西妮通常不在按摩院久留，她把所有杂事都交给保姆处理。西妮交代完事情就离开，同时也把警察突检的危险完全交给了保姆和按摩员。

最坏的情况是，如果保姆和按摩员不幸被逮捕，最后被移民局遣送回国，那时候，老板只需把店关了，在别处再开店，不会有太大损失。保姆和按摩员能对警方透露的，顶多是老板的手机号码；所有的风险都是让工人们承担。这就是为什么葱老大总在老乡面前吹嘘，说经营按摩院“相当容易”。

打扫、做饭、代管店面、记账，王平从上班的第一天，就发现按摩院保姆的工作可不容易。她也发现，这个大家称作“精明能干”的西妮，不是一般的老板。她脾气暴躁，蛮不讲理。王平一进门，就见她在教训正要离职的前任保姆。那人是辽宁来的，因无身份，两个月前被一家伦敦餐馆开除，才来到葱老大的地盘。男人当保姆在过去是没听说过的，但近来，被打击黑工之风逼迫得走投无路的男性移民正逐渐干起这一行。打第一天起，那辽宁人就不断受到西妮的羞辱。

“你一个大男人，做女人的工作已经够憋屈了，你还不争点气，努力一点，反而还处处跟我唱反调！你大概是不想在英国混了吧？”西妮所谓的“唱反调”，指的是他对伙食改善的要求。西妮每周固定提供一盒蛋，两个花椰菜，一盒西红柿，两片猪肉，一包鸡腿，这些食品要供应三人的伙食，相当有限。两位按摩员常说量少，吃不饱，她们的工作量大，需要体力，因此要求那辽宁保姆去向老板反映一下。没想到，结果是男保姆被西妮开除，她最反感的就是员工向她要求改善工作或食宿条件。

在王平开始上班之前，葱老大细声细气地告诉她，每周会有一天休息日。而王平进入按摩院后，西妮却否认有这么回事。“我们这里的保姆都是每个月休息一天，没有保姆抱怨过，”西妮说，露出她满嘴大烟枪的黄牙，“规矩是我们定的，你们爱干不干！”

她见王平不答话，又加了一句：“呵，以前有个保姆更过分，竟然向我要求加班费！加班费！我真不明白，这些人来英国是要打工，还是来享福的！”自此，王平不敢再提休息日的事。

李然和婷婷整个冬季都在书厂里埋头干活。他俩经常一天做日夜两个班次，拼了命地干。但即使这样，工资仍低得可怜。有些中国人就开始在伯明翰市区里找第二份差事。有人在替中餐外卖店发传单，有人开始在伯明翰街上贩卖盗版光盘。葱老大既不愿给工人加薪，同时又不喜欢工人外出找第二份工。他怕大伙会慢慢离散，他在春季葱场工作开始之前必须确保大家回到葱场的工作岗位。他因此想办法把工人安置在他的按摩院或老乡经营的中医诊所里，这样好控制工人的流动去向。

一天，葱老大到大伙宿舍里招工。“你们不是想多干活吗？我老乡在伯明翰城里有家中医诊所，正在招聘按摩员，你们谁有兴趣，就尽快告诉我，这份工很多人要，一个钟头客人给四十镑，按摩员的分成是百分之三十。”婷婷听了特别心动，那工钱是书厂的两倍啊！更何况，中医诊所的工作是人人羡慕的职业，它不仅薪资较高，且有升职的机会。“你们在诊所干活，还可以经常跟英国佬接触，学英语，不是一举两得吗？”葱老大鼓动大家。

婷婷立即向葱老大报了名。她就这么进入了伯明翰市中心的中医诊所。诊所位于唐人街对面的小巷里，看来生意不错。窗外广告打的是：“五千年历史的传统医疗，将您的身心视为一体，以传统智慧提供您身心上的调适与治疗。”诊所里已有两名按摩员，婷婷一问才发现，她俩都是一年前葱老大介绍进来的。她们发现诊所收入稳定，就决定不回葱场了。她俩似乎经验丰富，经理要她们负责培训婷婷。

客人多是当地英国人，且多为男性。第一天，婷婷跟着按摩员到地下室，将一位四十多岁的英国客人带进了三平大的小房间。按摩员关起门来，指示客人脱去衣裤。

“我腰酸背疼。”那客人穿着内裤，趴在按摩床上，告诉按摩员。

“请您放松，我来。”按摩员在他背部抹上了油，然后轻轻地抚摸他的肩膀和背。

“这样是不是太轻了？”婷婷问。

“你不懂，客人就喜欢这样。你要让这些男人感觉你的温柔！”按摩员暧昧地对婷婷微笑。

婷婷愣住了。这不是中医诊所吗？怎么需要这样讨好客人？

那按摩员顺着客人的脊椎骨，用指端轻揉他的背部，然后再以拇指指端不停地搓揉他的臀部上方。接着，她抚摸着客人的臀部内侧，转向婷婷说：“你看，这个地方是最敏感的了，我再轻摸他几下，他就受不了了。”说着，她笑了起来。

婷婷一语不发，盯着这位有经验的按摩员，看她怎么挑逗客人。“你这样做，老板会不会不高兴？”

“看样子，你在英国的时间还不久，对吧？”按摩员斜着眼看着婷婷，“我们诊所向来都是这么做的。我也是从前任的按摩员那里学的。老板可喜欢我们做这种‘额外服务’了。因为他知道，他给我们的薪资并不高，我们需要做额外服务来增加收入。老板更清楚的是，我们这么做，回头客就多，一定会替他招徕更多生意！”

“我可做不来。”婷婷低声说。

“没有人逼着你做，”按摩员摇着头说，“你要多挣钱，你就做。客人不见得会主动向你要求。但你如果示意，让他们知道你提供额外服务，那么他们都会响应你。事后你就收他二三十镑，这额外的钱，你就不用跟老板分了，这就是你自己的钱，放在自己口袋就行了。”

“但你说的额外服务，究竟包括什么？”

“那就看你自己愿意做什么！”按摩员耸耸肩，“我们通常就‘打飞机’。”

“什么？”婷婷讶异地问，“你做这个？”

“是啊！我们都做点这个。”按摩员笑答。

“这样……这样做是违法的吧？诊所并没有向外广告这种服务啊！”婷婷感到不安。

“违法？大家都这么做，就不是违法的了！你真傻！”按摩员又说，“咱能做的还更多呢！如果客人看起来还更有兴趣，你还可以跟他示意，看他要不要上床，然后你向他收费高一点。”

“怎么会这样？这是中医诊所啊！”

“这和按摩院不一样，在这里，没有人会把你当‘小姐’看，知道吗？我们不做明的，是做暗的！”

“我从没想到中医诊所也做这些，原来也都是地下生意啊！我们本来还很羡慕这份工作呢！怎么会这样！”婷婷摇头叹息。

“在英国，没有什么所谓清高的工作。你说你在葱场、书厂做苦工，挣那么点钱，就清高吗？就让人看得起吗？咱们都没身份，清高不起来！咱们谁不想挣得多点，挣得快点？你要达到目标，就得放下身段！”

婷婷一语不发，心里难过。按摩员继续服务客人，她又倒了几滴按摩油在客人身上。“你看，这些客人有些还长得人模人样的！你挑你看得顺眼的，不就行了？你不用担心别人知道，我们这屋里的事，外面是绝不知道的！这些客人和我们一样，都希望保密。他们很多人都是有家的，来这玩儿，他们也不愿让外界知道啊！”

“是这样的啊？”

“你看这位客人，他是熟客，每周都往我们这儿跑，就是因为我们提供额外服务啊！你替他算算，一个钟头按摩五十镑，再加上额外服务二三十镑，他也不过花了七八十镑。多便宜！这不是比上那些正式的按摩院找按摩小姐要划算多了吗？更何况，他也不用躲躲藏藏的，像做贼似的。他可以大摇大摆地告诉老婆，说他腰酸背痛，来诊所治疗了。光明正大的，他当然要来我们这儿了！”

“是啊，谁会料到中医诊所会搞色情？”婷婷仍摇着头，“你做过几个这样的客人啊？”

“固定的熟客就有十来个，这位客人每回都指定了要找我，好像玩儿出了感情似的！有一次，他问我何时休假，要请我出去吃饭呢！我想想，有何不可！这人看来挺富的！我就跟着他去了。问题是，在饭桌上，我发觉我还真是无法跟他交流！我们根本没有共同语言，我不太会说英语，他不会说中文，在思想上更没有交集，但他好像不在乎。可能对他来说肉体上的需求占首位吧。我还真想不透他到底要什么。也可能是寂寞吧！这些中年男人……”

“你不觉得这种关系太不真实了吗？你们不能交流，不能彼此了解，到底有什么意义呢？”

“唉，在国内就能找到好男人吗？我是离了婚才出国的。我是过来人，男女关系不就那么回事嘛！更何况，我接受他的邀请，纯粹是出于经济考虑。我是想，他要是真对我有了感情，那是件好事，他就愿意对我付出了。说不定，哪天他会愿意跟我结婚，那我的身份问题不就解决了吗？”

“嗯，说到身份，我可以了解你的想法，”婷婷说，“没有身份的日子，我是过怕了！”

“现在你懂了吧。这种机会，在诊所里要比其他地方机会多。好几位在这里干过活的女孩，都找到了当地老公。上个月，我们一位同事就是在这里提供‘额外服务’，认识了一位在找对象的新加坡老华侨，向她求婚，解决了她的身份问题。她好几个月以来，试过好几位客人，他们要了‘额外服务’后，并没多大兴趣跟她继续交往，但那位新加坡老华侨就不同了，他是在找伴儿啊，而且非要找中国姑娘不可。现在那女同事可好了，她终于可以把女儿接过来，一家人团聚在一起了。在英国苦了这么多年，她总算等到了享福的时候了！不容易啊！”

“是挺让人羡慕的，”婷婷说着，又低下头。她不想看那按摩员在英国客人身上抚摸的谄媚神态，她感觉那是糟践自己。

虽然婷婷理解按摩员的经济考虑，但无论如何劝说，婷婷就是不愿做“额外服务”。她在伯明翰遭遇的性侵害，是挥不去的阴影。虽除了李然之外，没有第二人知道她的经历，但她自己心里明白，她是绝不可能靠自己的肉体来挣钱。在她周遭，她也看得清清楚楚，对大多数女人来说，这一条路一开始走，就很难再回头。

此时，王平在葱老大的按摩院里当保姆也已有一个多月。那里的两位按摩员也来自东北，大伙处得很融洽。她俩也都是下岗的工人，四十出头的单亲妈妈，家里儿女都还小，由祖父母照顾。王平每天早晨六点起来打扫，并为两位按摩员准备早餐。按摩院的广告上只留西妮的手机号码。一有客人，西妮就会打电话通知王平，叫她准备开门。如果西妮没通知，而有人按门铃，西妮交代了她绝不可开门，因为那只有两种可能：如果不是警察突检，就必定是来打劫的。华人经营的按摩院都经常面临这种危险，当地黑社会特别看准了华人按摩院，因为这些抢匪知道，按摩院里的中国人都是没有身份的黑工，被打劫也不敢报警。

一位按摩小姐名叫李娜，她告诉王平："有一回，一位客人按门铃，以前新来的保姆没注意就开了门，门一打开，客人后头就跟进了两名大汉，他们三人都手持凶器，命令我们交出身上所有现金。保姆不肯，他们就对她拳打脚踢一阵，她昏了过去，醒来后，发现她那天保管的所有收入八百多镑，全给抢匪拿走了。"李娜经历了那次打劫后，精神特别紧张，再三交代王平要注意客人人数。

一天早上，西妮打电话来，说有三位客人在一个小时内来访。王平赶紧告诉按摩小姐，让她们准备好。小姐们立刻化上妆，穿上西妮买的粉红迷你短裙，在房里等着客人。门铃一响，王平马上开门，迎进了第一位客人。他是当地英国人，看上去四十多岁，戴着墨镜，进了屋也不摘下。他匆匆脱了布鞋，让王平领着他进到两位按摩员房前。由于按摩院每周都会更换按摩员，客人每次来访见到的多为新面孔。西妮对王平说：“保持新鲜感对于吸引顾客是最重要的。有时，如果客人见到的都是熟悉面孔，他们会埋怨，说我们的按摩小姐不够漂亮。别看这些下三滥的男人，他们还挺挑的呢！”

两位按摩员站在房间门口，像包装好的物品一样，让客人打量挑选。他从上到下看了许久，还不时发出不满意的声音，最后选了李娜。李娜微笑地两手握在胸前，跟客人道谢。这男人进了李娜房里，王平立刻问他：“你要做半个小时，还是一个小时？半个小时是六十镑，一个小时九十镑。”

那人选择了半个小时，面无表情地付了现金，王平便把门带上，让李娜去服务他。第二位客人很快也到了。他是常客，话特别多。他老是习惯性地告诉每一位保姆，他的前妻是中国人，她过世后，他一直思念着她。“我想再娶中国老婆。”他总这么告诉每一位保姆。听说按摩院里有很多中国小姐，造访按摩院成为他接触中国女性的方式。王平领他进到第二位按摩员姗姗——是她的工作名—— 的房里。他要求一个小时的服务。姗姗一脸不悦。

“怎么了？”王平问。

“我不舒服，实在干不下去。”姗姗以中文轻声告诉王平。

“哪里不舒服？”

“我得了病，下体疼痛，不能干一个小时的活。是上回在伦敦干活的时候被客人传染的。”

“你怎么不跟西妮请假呢？”王平担忧地问。她也觉得很为难，一方面同情这位老乡，一方面又难以开口向西妮解释。

“我试过了，”姗姗说，“西妮不准我请假，说她会去帮我买药。到现在还没买来。我疼死了！我做半个小时都很勉强了，哪里可以做一个小时！”

“你究竟得了什么病？”

“我不敢确定！还没机会去看医生呢！我估计是梅毒之类的病，又痒又痛的……”

“你连什么病都不知道，西妮怎么买药呢？她实在应该让你请假啊！”王平同情地说。

“做这一行的，都是这样，要看病，也得等这份工做完了再说。”说着，她向那位等得不耐烦的客人点点头，示意让他做一个小时。王平看她皱着眉头把卧房门关上，心里为她难过。但自己也是打工人，无法为她去和老板交涉。

不到一个小时，门铃又响了，西妮说的第三位客人来了。王平迎他进门。他看来也是中年人，稍胖。她想起西妮交代的话：客人在等按摩员时，千万不要让他感觉尴尬。“他在等待按摩小姐服务的期间，你必须不断和他说话，问他要什么，要不要喝茶、喝咖啡，千万不要让他觉得等得发慌。”西妮再三交代，“如果有两个以上的客人在等按摩员服务，你必须问他们是否要一些服务前的按摩，这可以由你来做。还有，千万别忘了，不可以让客人彼此见到对方，这是最忌讳的。你如果不小心让客人彼此见到对方，他们是肯定不会再上我们这里来了。没有男人会愿意让外人知道他在‘偷腥’。你要千万谨慎。”

王平将这位看似五十出头的客人迎进客厅，请他坐在沙发上。“烦请您稍等，按摩员一会儿就出来！”她焦急地看着表，盼望李娜赶紧完事。

在客厅等待的客人，表情十分不自在。王平想办法以简易英语跟他聊天。

“你头一次来这儿？”她问。

客人点点头，似乎不愿正视她。

“你做什么工作啊？”她又问。

“我开出租车。”

他似乎没有兴趣谈天，王平只好递给他一份报纸。“您要喝茶吗？”

“好的，”他低声说，“加一调羹的糖，一点牛奶。”

就在客人看报的同时，隔壁房里传来姗姗的低吟。王平尴尬地不敢作声，心里想，姗姗在忍受病痛的同时，还得顾及客人的欢喜？

几分钟后，李娜出来了。她还没来得及淋浴，在客厅已等候二十分钟的客人便立即站起身来，李娜只好领着他进房。

四十分钟后，姗姗出来了。王平才把她的客人送出门，姗姗立刻跑进了浴室，一边喊着：“痛死我了！真要了我的命！”

姗姗在浴室里冲洗了好一阵子。出来时，她面色苍白。王平叫她坐下休息。“我给你做午饭。”她对姗姗说。

“你做西红柿炒蛋，好不好？”姗姗问，“不知道怎么的，今天特别想吃西红柿炒蛋。”

王平看她满脸憔悴，忍不住问：“你做这一行多久了？”

“两年多了，”她答道，“还不就是为了挣钱挣快一些吗？”

“这些客人，难不难应付？”王平问。

“你看呢？”姗姗叹了口气，“在这儿的客人还算可以，基本上要求的就是那些……你如果不愿做，拒绝就行了。除非你自己想再多挣点外快。不过，现在店里老板都希望咱们能提供这种服务，客人就多给咱二十镑，这种服务能带来很多回头客，老板喜欢。”

王平倾听着，想到以前在国内曾碰到做这行的，都是农村来到沈阳谋生存的妇女。这位沈阳小姐，是城里人。她肯定是有她的苦衷，她的家人想必不知她的处境。

“在伦敦可不一样！那儿的客人刁得很，坏得很！”姗姗又说，“我前阵子在北伦敦的一家按摩院服务，那儿什么三教九流的客人都有，霸道得很！有一回，一个蛮壮的客人用尽了全身力气把我压在底下，不把我当人看，好像我是个枕头似的，随他怎么用，差点没把我脊椎骨给折断了！那还不是最坏的客人呢，我在北伦敦认识的那些按摩小姐，都经历过刁客，有的不肯戴安全套，用欺骗的方式中途拿掉，有的客人做完事了说服务不好，不肯给钱。”

午夜前，西妮突然进门，散发披肩，满身酒味。她经常晚上和熟客出去吃饭喝酒，好像这些熟客就是她的社会圈。喝醉了，她偶尔会进来唠叨按摩小姐和保姆一阵。这晚，她又要找人发泄了。她往沙发一坐，就点着了烟，“你看什么看？”她提高了声音对王平说。

“没什么。”王平低下了头。

“你知道我是什么背景吗？”西妮不放过她，“你搞清楚！我在这一行里面是大家都知道的。”

王平起身进厨房，“我去烧水。”

“你回来，坐下。”西妮命令她。

王平不作声地坐回了沙发。

“你听好，”西妮又露出发黄的牙，“我以前也做过你这工作，我那时就比你能干！”

王平点点头。

“我那老板是个香港人，叫艾伦，是个混蛋，杂种，什么工作都交给我做。我呢，把他的小姐们管得全听我的！我要看哪个顺眼，她就有好日子过！”

王平又点点头，表示专心在听。

“那死王八蛋艾伦，不是个东西，”西妮吸了口烟，熏到了眼，眼泪直流，看起来像是在回忆什么痛苦往事似的，“那艾伦，没人格的男人，不孝子！他跟他妈吵架，竟然动手打她！后来他被关进牢里，他妈还去探望他！这贱男人，一辈子就是靠女人发达！操！”

王平听了想笑，又不敢。幸好此时李娜从房间出来了，说饿了。“好的，我去做消夜！”王平趁机溜进了厨房。

与此同时，在中医诊所里，婷婷已开始感觉自己与这个环境的格格不入。虽然性服务不是公司对外的广告和形象，但它的普遍实行造成了对新来员工的压力。不愿提供“额外服务”的员工，都感觉到逐渐被孤立起来，好像他们不比其他员工卖力似的。婷婷感觉可能是老板给员工施加压力，让员工不得不以“额外服务”来吸引客人，一方面为公司保障了更广的客户群，同时也为员工弥补低薪，增加收入。看起来是员工自己的选择，但事实上受惠的是公司。

婷婷的一位浙江老乡阿春在婷婷离家两个月后也决定来英国挣钱。她的运气不比婷婷好太多。阿春打电话来，说她最近被伦敦餐馆解雇后，由友人介绍，进入了伦敦唐人街的中医诊所，也是做按摩员的工作。那家诊所是英国最知名的连锁中医行，在唐人街就有三家分店，在整个伦敦有六家，英国本地人熟悉伦敦的都知道这家中医行。

婷婷记得来到伦敦找工的第一天，进入唐人街时就立刻见到这家诊所。当时诊所外头站着一位中年女子，打扮时髦，脸化浓妆，就让婷婷有些纳闷：中医诊所怎么会需要女雇员这般打扮，在外头招客？这不是她想象中的中医诊所的广告方式。往窗里看，另外两名浓妆女子坐在里面等客。她们见到婷婷的注视，脸上露出不安。接着，那门外的中年女子见着了一名熟客，热情地拉着他的手，搂他的腰，态度十分暧昧。婷婷想，那家连锁中医诊所是否和伯明翰这家一样，做同样的地下生意？这种“特殊服务”是特例吗？还是所有诊所都这样？

“你们这么大的店，一切都正规吧？”婷婷问。

“做这行的，哪里有什么规矩。规矩都是店里各自订的。”阿春答道。

“你们那里有提供客人额外服务吗？我是说，性服务。”

“唐人街哪一家诊所没有额外服务？”阿春对这问题一点也不惊讶。

“当多数诊所都这么做的时候，你要不做，就无法跟人家竞争了。更何况，经济不景气的时候，老板都希望员工能多做额外服务。我们甚至站在唐人街的街头，到处发传单、找客人。客人看到我们的穿着，就知道我们可能包括这种特别服务。你也知道，那些客人都爱这些服务！”

“你自己也做吗？不做不行吗？”婷婷又问。

“那当然得做。客人都习惯了，来到诊所，他们都知道有额外服务，我当然不能不提供了！其实并不难，大多数的客人还不敢直接要求上床，大多是打打飞机罢了！额外服务的额外收入，是我们员工自己的。”

听阿春这么说，婷婷总算明白，在英国，中医诊所的工作是性产业的一个分支。它并无她曾想象的任何前景，她心里放弃了在诊所发展的希望。

到了二月中旬，葱老大又开始四处招工，准备三月份葱场再开工。大工头阿敏也再度从伯明翰新招来许多南亚移民工人。好像“冬眠”过后，大伙又要开始一年的辛勤劳动。葱场一恢复运作，一批又一批的工人就被送去那绿油油的葱地干活。

不需李然的劝说，婷婷决定辞去诊所的工作，和他回到了葱场。她想，再怎么辛苦，往后的路再怎么难走，她至少不须牺牲自己的尊严。

回到了葱场平静的日子，婷婷想，春季才开始，在这里能再干上一年的活，稳稳当当地挣一年的钱；而开工的第二个星期一早上，葱老大来接大伙上工时，突然接到大工头阿敏的电话。“出事了！出事了！”他一放下电话就喊着，“小巴士出车祸了！”

原来，一辆前往葱场的超载的小型巴士，在穿越铁路道口时，司机因赶时间而闯红灯，与火车相撞，小巴士里的二十五名南亚工人包括司机，全部丧命。葱老大说，那司机是怕大工头骂他迟到，才冒险闯红灯。

所有中国人听了这噩讯都不知所措。“这下子坏了，”葱老大直摇头，额头直冒冷汗，“现在全国媒体都来了，都在注意这事。他们都在问，这小巴士是哪个工头的？是去哪个葱场？这些工人是不是都没身份？看样子，至少这个星期是开不了工了！”

葱老大的担忧一点也没夸大。不仅是地方报，英国各大报都在追踪报道南亚葱场工人的死亡。死者都是二十岁到三十岁的青年，来自印度、巴基斯坦和孟加拉国。他们全无身份，其中有六位正在申请庇护，尚未得到结果。因政府不提供生活补助，这几位庇护申请者在等待结果期间必须自寻生存方式，只能打黑工。媒体和警方调查的焦点，很快地集中在葱场的运作和工头的劳动聘用；而大多数媒体提出的问题，不是政府对庇护申请者的待遇以及无证移民的地位，而是为什么葱场雇用无身份的移民劳工，强调工人的非法性。几天之内，整个北安普敦郡的农场劳动力供应网成为全国扫荡黑工之风的对象之一。大工头阿敏顿时成为当局调查的主要对象。数日内，他葱场上的许多无证的南亚工人在移民单位的突检行动中一一被逮捕，遣返。

葱老大手下的中国移民，包括李然和婷婷，也只好在一两天内逃离伯明翰。自此时起，中国移民的字典里不再存在“避风港”这个字眼了。

第七章 白教堂的危机

那天，大伙匆忙地收拾了行李，两周的工资也没来得及去讨回，就上路了。葱老大比谁跑得都快。大伙还没离开伯明翰，他已不见踪影。

前方的一切都是未知数，李然感觉茫然，他知道，自己的命运不是掌握在自己手上。在前往伦敦的巴士上，婷婷想着，虽然自己摆脱了中医诊所的黑暗世界，却投入了另一场遥无止境的战斗。自己就像行走在黑漆漆的隧道内，不见前方亮光。而唯一的出路，是继续在这黑暗中摸索。

“每次回到伦敦，都是在逃离困境，寻求出路，”李然叹道，“过去，伦敦一直是一个转站点，总是从那儿再出发。”如今，选择的走向越来越窄，他们的寻职路是否已近尽头？

李然的一位乡亲住在东伦敦，在一家英人经营的中式快餐店里工作。他告诉李然，东伦敦物价相对较低，生活消费上能够省下一笔钱。而且，他服务的那家中式快餐店可能很快会招工，那类的快餐店在东伦敦也相当多。“这里中国人相对来说较少，找工的竞争较少，也不像市中心那些餐饮业那么容易受到当局注意。”他告诉李然。

就这样，李然和婷婷俩来到了一个叫作“白教堂”（Whitechapel）的地方。它是进入东伦敦的第一站。李然惊异地发现，它和自己认识的英国完全是两个不同的世界。一出地铁站，感觉好像来到了加尔各答一样，街道上充满了色彩。南亚小贩吆喝着，在卖西瓜和各种热带水果，一旁是好几家印度婚纱商店。老乡说，这是多民族多文化聚集处。来自全球各地的移民，南亚人、东欧人，还有近年来移入此地区的中国人，都聚居在这里。

白教堂这个地方，一直是移民进出频繁之地。它的发展也就是各移民社区的发展。老乡告诉李然，十九世纪期间，这里是犹太人的聚居处，他们多从事成衣和皮衣制造业，设有多家工厂，过着自给自足的小区生活。二十世纪后，亚裔移民逐渐进入白教堂，人数慢慢超过了犹太人，他们带来的南亚餐饮业，逐渐集中于一条名为“红砖巷”的街道，成为这个地区的经济主业以及观光景点。

李然和婷婷才抵达白教堂，老乡就抱歉地告诉他，他服务的那家快餐店不会招工了，而且可能还要裁员，连他自己的饭碗都可能不保了。老乡介绍李然俩给一个当地的中国人队伍，说他们在白教堂街上贩卖盗版光盘。他俩就通过老乡的介绍，搬进了这些中国人的住处。

它位于盖满了国民住宅的加农街尾，二楼公寓里住着二十多位中国人，这地方离他们卖盘的白教堂大街隔着三条街。在这个地区，他们虽是外国人，但感觉不像在英国其他地方那样随时随地意识到自己是外来者，因为在这里的大多数居民，都来自国外。中国人隔壁住的是来自乌克兰的年轻移民，他们和中国人一样，关起门来过日子，从不与邻人打交道。大伙猜想，这些乌克兰男女也和中国人一样，没有身份。大伙唯一知道的，是这些乌克兰人每天早出晚归，可能是做清洁工作。邻人的相似境遇和各顾生活，似乎让中国人有种莫名的安全感。

这栋房里的中国人多来自福建，过去多从事伦敦各地的餐饮业和那些供应唐人街所需的华人食品加工业。他们都在一波波的“扫荡黑工”行动后失去工作，走投无路才不得不进入更为地下的行业。白教堂这个地方对他们来说是完全陌生的，而他们和李然一样，通过乡亲介绍进入了这地下行业——贩卖盗版光盘。

隔天早上十点，李然俩就被同屋的一位河北人领上了大街，和大伙一样，开始沿街贩卖盗版光盘。这河北人自称何春，他自己承认这不是他的真名。“我不方便使用真名，因为我的出国方式非常特殊，一定会被辨识出来，这样对我和我家人都不利。”他向李然解释。但何春并不是一个充满秘密的人，他在中国人圈里比谁都放得开。他总笑脸迎人，性情开朗，李然打第一天就喜欢和他聊。何春似乎有种让人精神振作起来的能力，他的乐观是有感染力的。何春说，他是石家庄附近的农村来的，家里还有一小块地，种着玉米，现在由弟弟代为管理。

“以前种地挣不了几个钱，我就去火车上当售货员。”何春告诉李然，“我虽然没受过什么教育，口才还是不错的！当时很多旅客都爱听我说话。我就是用说笑的方式来推销东西。”

何春说，后来看村里的人一个个的都出国挣钱去了，有不少人去了韩国，也有许多人来到英国。听他们说英镑好挣，他自己也想出来闯闯，为家人盖栋房子，也为儿子准备结婚需要的资金。

“我还不知道要到何年何月才能存够钱，买个小公寓呢。”李然不禁叹道。看着近五十岁的何春，他问：“您达成任务了吗？”

“就快了，”何春掩盖不住内心的自豪，微笑着说，“我来英国六年多了，省吃节用，存下了不少钱。一年前我被餐馆开除后，就一直在卖光盘。这份街头工作还真成了一项收入！”

何春领着李然俩，进入了一条热闹的巷子。好几位留着小胡子的男人在一家咖啡馆外吸着烟，说着阿拉伯语悠闲地谈笑，李然往里一瞧，有十几位男人在里面喝薄荷茶。“他们都是阿尔及利亚来的，”何春说，“看那店里做的北非甜点，多香啊！”

李然俩好奇地欣赏一个个盖满糖渣的饼。“刚烤出来的！”何春又说。

何春领他俩在前头转了个弯，进到另一小巷。“咱到片头那里买光盘！”何春说。那片头是位东北人，一张片子他卖二十便士，有上百名中国人定期来向他买片，然后再到街上卖。“一张片子可卖到两镑，利润颇高。”他告诉李然。每次，他总习惯性地从片头那里买两百张，卖完了再来找片头。

“我手上没多少钱，头一次只能买五十张。”李然说。他俩就跟着何春进到一处公寓，上了三楼敲铁门。开门的是个大个子，浓厚的东北腔，“进来吧。”他见到何春就知道他又介绍新工人来买片了。那片头进了房间，拿出一沓沓的盗版光盘，放在桌上让李然自己挑选。就这么简单，李然俩也成了卖片人。何春说，这片头是从一名马来西亚人那里拿货的，不是源头。不过，在白教堂，他算是最大的片头，大伙都向他买片。

就这样，每天早上十点半，大伙就拎着装满了光盘的包，步行至白教堂地铁站。他们男男女女二十多人，站成一列，在地铁站外，展开销售工作。他们以简单的几个英语单字，来推销手上的新片。这个时候，来往的人还不多，但地铁站旁“盲乞丐”酒吧（Blind Beggar）外面已站了几位年迈的当地男人，正等着酒吧开门。他们手拿酒瓶，神色恍惚，似乎已醉。

“一大早喝醉酒！”李然看了觉得可笑。

“是啊，他们没别的寄托啊。”何春答道。他说，这“盲乞丐”酒吧建于十九世纪末，是白教堂最老牌的酒吧，过去是当地黑社会的聚集处。在一九六六那年，知名的黑社会老大荣恩·尼克雷听说他的竞争对手乔治·科诺会在这酒吧里喝酒，他就来到这里，对准了乔治·科诺的头部，枪杀了他。传说，乔治·科诺毙命时，荣恩·尼克雷还对天花板再开了几枪，不小心打中了酒吧里的音乐唱机，当时正放着《阳光不再》(Ain’t no sunshine)这首歌。

何春听过这些地方传说，可感觉得到“盲乞丐”的一股原始气氛。“就好像很多事曾发生在那儿。”他对李然说。二〇〇五那年，酒吧换了老板，室内大更新，过去被烟蒂烧得一个个洞的地毯也全换成了木地板。那时，中国人的卖光盘队伍也曾进去“盲乞丐”酒吧，想在酒吧里卖片，但很快地让酒吧主人请了出门；但中国人的队伍没有放弃，在当地的其他几个酒吧推销光盘，付给酒吧老板一些费用，就被允许在固定的时间内在那里卖盘。

“但别以为酒吧就是安全的地方，这行业没有什么安全地带！”何春告诉李然，“咱们在酒吧卖片也得随时注意，别说警察了，有些醉客会找咱麻烦。”

“什么样的麻烦？”

“有一回，我在酒吧里碰见三名客人，他们对我的片子很有兴趣，叫我跟他们走，说他们的朋友也想买片。我心想，这下好了，可以卖十来张片子。谁知道，他们把我领到了他们的工地，叫我把袋子放下，其中一名说：‘你可以走了。’意思就是不给我钱，光天化日下想抢我的片子。”

“真不可思议！你被抢了吗？”

“很幸运，他们工地里有一个比较有良心的人，看了这情况，好像很同情我，一直劝他的同事别欺负我。他说：‘你们别这样！人家也要生活啊。你们让他走吧。’我听得半懂，好像是那个意思。最后那人把我领到门口，叫我快走。那真是不幸中的大幸！”

李然听了苦笑。“在这个国家，你可不能太信任陌生人啊。怎么随便就跟人家走呢？”

“咱做这行的，就得冒这种险，不然哪里挣得到钱啊？”何春答道。

在白教堂地铁站外的大街上，中国人刚开始卖片的那几年，生意都还不错。当时这个街头行业才起步，从业者不多，也还没有招来警方的注意。两三年后，情况大不一样。从餐馆和外卖店里被开除的中国工人人数大增，他们的工作机会非常有限，从前雇用中国人的英国农场、工厂，皆开始严查工人的移民身份，中国人的生存空间越来越小。一下子，多数的中国人都被迫从事街头销售，竞争多了起来，每个人的所得也就相对减少了。

“说真的，现在卖光盘越来越不好做了！”何春说，“大家都没饭吃了，所以都来卖片了！而现在抓得越来越紧，警方三天两头就抓人，每个星期都有中国人被带进警局，拘禁在里面。风险这么大，整个行业正在走下坡，让人担心！不那么好赚了！”

李然听了感觉特别沉重，难道这个行业又是另一个“黑洞”？他俩是不是做错了选择？

“唉，不管怎么样，我得撑下去！”何春又挤出微笑，“再过一阵子，就可盖得起房子了！儿子的婚事我就办得起了！”

前一阵子，何春也曾在一次突检行动中被逮捕，拘禁在警局半天。他最怕的是被遣返回国，他的任务尚未完成，不能回家。让他松了口气的是，警方没有将他转送到移民单位去。“我估计是警局里人满为患，看我又没证件，送到移民局还麻烦，浪费他们资源，所以警察就把我的光盘全没收了，也拿走了我身上的现金，然后一话不说就把我放了。”

何春的几个同事也有类似经验。虽然被逮捕不是绝对会被遣返，但大伙还是战战兢兢，生怕辛苦挣的钱被警察没收。在白教堂大街上卖片时，大家都格外小心。他们左顾右看，如果有任何行为可疑的人，就会彼此通告，立即逃散。“你俩要特别注意，有些是便衣警察，你们新来的可能还看不出来。”何春告诉李然，“你得以对方的眼神和动作来判断，如果他老盯着我们看，你就得立即通告大家！要凭直觉！”

李然和婷婷从卖片的第一天起，就感觉到街头工作的紧张。大伙必须随时注意人群的动向。来往人群每天到了中午就会拥挤起来，对面伦敦皇家医院的护士、工作人员和周围工地的建筑工人都在午休期间出来用餐。一队队的立陶宛和拉脱维亚建筑工人在大街上吃快餐充饥或在路边吸烟、休息。此时，“盲乞丐”酒吧已客满，附近办公室员工是它每天中午的常客。从酒吧外头就可闻到热腾腾的英式牛肉饼的香味。

在婷婷身旁卖片的是一个来自福建的女人，大伙都喊她阿贞。阿贞在村里有两个年幼的儿子，大的六岁，小的五岁。阿贞和丈夫两人决定一起来英国工作时，就把儿子交给了年迈的父母抚养。但两人来到伦敦时，正逢移民政策紧缩之际，中国餐饮业风声鹤唳。多数老板要么不敢雇用无证工人，要么就是利用工人身份来压低工资。过去，无证厨房工人的薪资已是一般工人的一半；现在老板更有借口，扣减工资的事比比皆是。阿贞和丈夫见这情势，决定跟着乡亲在街头卖片。这工作虽辛苦且有危险性，但至少挣的钱就是自己的，也没有老板在后头控制劳动速度。就这样跟着乡亲，阿贞和丈夫在白教堂卖片卖了好几个月了，也认识了不少当地人，建立起自己的顾客网络。为了避免竞争，卖片人之间原则上不互相透露有关顾客的消息，而这也增加了卖片人工作上的危险性。特别是女性卖片人。

在这条街上，来来往往的男性顾客来自世界各角落、各民族和社会阶层，有附近办公的本地白领人士，也有为数更多的当地半就业状态的青年和蓝领人士。他们每天在这条街上擦肩而过，不曾意识到彼此的存在。来自中国的卖片人，是唯一驻足街头的一群人，他们的东方外表，让他们成为这里最显眼的一支劳动队伍。中国女性的东方外表，更招来某些男性顾客的注意。没有身份，不知姓名的东方女性，很容易成为性骚扰和攻击的对象。

那天，李然和婷婷在阿贞夫妇俩身旁卖片。他们小心翼翼地盯着来往行人，提防便衣警察的出现。在这条街上，每个月都会有便衣警察的临检行动。

此时，一位本地青年走上前，向阿贞示意要看片。她从背包里拿出二十多张光盘，一一递给这位青年。

“就这些吗？”他问。

“都是新片，新片！”阿贞焦急地强调“NEW”这个词。

“这些品质行吗？”青年又问。

阿贞还没来得及回答他的问题，青年突然抓紧了手上的片子，一劲地往前跑。阿贞慌张地大喊：“站住！站住！”没料到后面走上来的是一名便衣警察，他在青年看片的时候就已盯上了阿贞夫妇俩。阿贞察觉到便衣警察时，已经太晚，他身后又出现了一名便衣警察，阿贞的丈夫站得离他们最近，他们立刻就将他擒住了。

阿贞和其他卖片人一见情势，立即奔散，李然和婷婷也跟在他们后面逃跑。大伙往“盲乞丐”酒吧方向逃散，没有目的地，只知要拼命地跑。他们穿越了红绿灯，到马路对岸，经过另一家酒吧，仍头也不回地向前跑。没有人敢在此时逃回住处，生怕被警方跟踪。大伙说好的基本原则是，每当被警员追捕时，不可回家，因为加农街的住处是他们唯一的藏身处，不能被发现。

阿贞的丈夫被带进警局，大伙都束手无策，只能等待消息。最后，他以违法兜售的罪名被判了六个月的刑。他夫妻俩的一共四十多万的庞大债务瞬间全落在阿贞的肩上。家里两个儿子和年迈父母还在等着他们寄钱回去。阿贞感觉已无喘息的余地！而她不能绝望，肩上的重担要继续扛下去，她必须继续与命运搏斗下去。

阿贞的丈夫被判刑后，大伙的街头工作依旧，讨生存是一天也不容缓的。早晨，大伙再度回到白教堂大街上卖片。婷婷挨着阿贞，见她额头冒着汗，东张西望地寻找买客。生意不怎么好，而她一刻也不停歇。“今天才卖掉五张片子。”她对婷婷叹道。

“是啊，今天不知怎么的，人特别少。”

说着，阿贞身后一名男子走向前来，“有新片吗？”他指着阿贞的背包。

阿贞立刻认出了他，他名叫戴瑞，是每周都会在这条街上出现数次的常客，个大体壮，棕发碧眼的本地人。阿贞马上将片子从包里拿出来，递给了他。“都是新片！”她心急地说。

戴瑞翻看着片子，摇摇头说：“上回你给我的那些新片，没有一张是能看的！都不清楚！”

阿贞不知如何应对，在旁的婷婷赶紧比手画脚地解释：“我们这些片子不是从上次那个片头那里拿的，这些质量保证好！”

戴瑞没听懂她的英语，仍摇着头说：“我得试片才知道好不好！”

阿贞似乎一听就明白了戴瑞的意思。“我得回家试片，再决定买不买，”戴瑞再强调，“你跟我来吧。”

阿贞别无选择。这是许多买客的要求——试片。她就跟在他身后，走进了白教堂地铁站。

“你去哪里？”婷婷还不清楚买客的规矩。

“去他家里试片，”阿贞回头告诉婷婷，“这很正常，没事的！”

阿贞进了地铁站后，婷婷身旁的一位福建女孩低声对她说：“那个鬼佬一看就知道不是什么好人，你看他盯着阿贞的那个神色，就知道他心术不正！阿贞胆子太大了！为了赚钱，什么都不顾了！”

这其实已是阿贞第四回跟着戴瑞去他的住所试片了。他除了神情诡异，其他并没什么让阿贞觉得不寻常之处。她告诉自己，不是她选客人，是客人选她。只要能卖几张片子，其他没什么好多想的。他们上了东伦敦线，车上乘客无几，阿贞坐在戴瑞身旁，一话不说。而每回，他总问同样的问题：“你是从中国来的？”

阿贞点点头，不想回答。

“你几岁啊？”他又问。

“二十九。”

戴瑞没有更多的话可说。他只是深沉地凝视着阿贞，让她不敢正视他。他那双空洞的碧眼，让人看不透他的思绪。阿贞总怪自己不会说英语，无法和顾客交流，无法了解戴瑞究竟来自什么背景，从事什么职业，究竟爱看什么片子。

十分钟后，阿贞跟着戴瑞在一个叫作罗瑟希德（Rotherhithe）的车站下了车。在同一条东伦敦铁路线上，罗瑟希德感觉却和白教堂像是两个世界，白教堂充满丰富的多元文化的活力，罗瑟希德是个平静的河畔小镇。白教堂街上的来往人群多是来自各国的移民劳工和当地低薪或无业青年，罗瑟希德只有从外地迁来的高薪雅皮士，他们买下了一栋栋由过去河畔停船仓库改建的豪华公寓。这里也有不少中产游客，来这欣赏河畔风景。阿贞跟在戴瑞后头，身旁走过许多美国游客，高声询问着附近有无好酒吧可用河畔午餐。阿贞不明白他们在说什么，但从他们的打扮，她可看出他们是西方富人。

戴瑞住在一栋三层楼的公寓底层。它可能是这里最不起眼的一排楼房了，可能是地方政府的国民住宅。跟着戴瑞进了屋，阿贞从袋里拿出了所有的新片，摆在桌上，但戴瑞似乎没有试片的兴趣。他将一张片子放进录像机里，却不打开电视机。他在沙发上坐了下来，突然对阿贞说："你坐过来啊！"

阿贞不知如何应对，更不知如何拒绝这位常客。他是她的经济来源，阿贞只好一话不说地坐了下来。

"你这些片子都不行。"戴瑞轻声说。

"你还没试片呢。"阿贞答道。

戴瑞摇着头，笑了起来。"你不是要赚钱吗？"他说，"我给你赚钱的机会。"

阿贞不解地看着他。

"你和我上床吧，"戴瑞笑着说，"三十块一次，怎么样？"

阿贞不懂他的意思。

戴瑞板起面孔，指着阿贞，再指着自己，"和我上床，懂不懂？"

阿贞懂了。她精神上还没反应过来，戴瑞就硬将她按在沙发上，但他的下一举动更是阿贞万万没有料想到的。他从沙发底下抽出一把小刀，阿贞惊慌地跳起来，他把阿贞拉回沙发上，狠狠地往她的腹部砍去。他用尽全身十足的力气，这一刀让阿贞血流满身。戴瑞没有停下，他又向阿贞挣扎的手腕砍去。

就在戴瑞去换凶器的时刻，阿贞逃向大门，鲜血喷得满地。戴瑞见她逃跑，拿着从厨房取出的长刀，要追杀她。阿贞使劲要打开大门，怎么也打不开，她无助地哭喊着。戴瑞从后面用长刀砍来，她倒在地上，他不肯停手，又砍了她几刀，直到她断气。

原来，戴瑞是名连续杀人狂。他在分尸阿贞的两周前，谋杀且分尸了一名英国本地女子，她是白教堂街上的一位性工作者。在杀害她俩之前，戴瑞“研读”了一本从图书馆借来的书——《卡松儿杀人犯：时代空前野蛮谋杀案》；他更是白教堂一八八八年著名杀人狂开膛手杰克的“粉丝”。杰克当时谋杀了五名性工作者。当阿贞天真地要在他客厅里试片之时，她不知道戴瑞的厨房柜子里藏的是那位英国女子被分解的尸体。

阿贞的消失，在白教堂中国移民之间造成了极大恐慌。大伙都清楚，那天阿贞是在和戴瑞进了地铁站后就没再回来。他们都在推想，她的失踪必与戴瑞有直接关系。婷婷比谁都清楚，那天阿贞就是在她身旁与戴瑞交谈的。但阿贞没有告诉她戴瑞的住处，甚至没说她要和戴瑞去哪一个地铁站。这里的规矩是，每位卖片人与顾客之间的联系都被当作是私事，当时婷婷也不好过问。

阿贞失踪后的第一天，大伙决定一块去把她找回来。他们沿着白教堂大街上，往西步行了两英里路，来到市区金融中心与东伦敦边界，经过那里的一块红灯区。这里每到下午四点后，就有许多年轻的罗马尼亚女孩在舞厅里跳脱衣秀。

“你们看看这些年轻的欧洲人！那漂亮的肤色，一看就知道不是英国人！”何春不断羡慕地盯着路过的一个个罗马尼亚女孩。

“他们都是罗马尼亚和东欧那边过来的。”一位福建人说。他在这一带卖片已两年，非常清楚来往的移民。“听说她们在这儿收入可高了。比做清洁或是卖片都强太多了！”

“人家是没办法！”和阿贞同村的一位福建女工说，“你以为跳脱衣舞那么容易啊？”

“为啥没办法？”何春问，“不都是欧盟的吗？”

何春不知，罗马尼亚从二○○七年年初成为欧盟的成员国之后，罗马尼亚人并未被当作欧盟公民来对待。他们在英国打工限制很多，只能做农活和工厂的食品加工。那些没办法申请到工作许可的罗马尼亚人，就只好打黑工了。

“在这块红灯区，来看她们跳脱衣秀的，肯定都是附近金融中心里下班后找乐子的生意人，一定是出手大方。”何春说。

“是啊，这边都是有钱的英国佬在玩，让外国人服务他们。”福建女工说。

大伙不停地、没有目标地在红灯区周边打转，寻找阿贞。“她有可能走迷路了，”和阿贞同村的乡亲说，“这里交通比较乱，她可能没搞好方向，转错了弯，就不知道怎么回家了。”

“但这是一条直直的大街啊！不太可能找不到回家的路。”李然知道，伦敦的中国卖片人都最会认路了。更何况，阿贞是个聪明能干的女人，虽不会说英语，但也知道自家住处的路名啊。

“她是不会从这里走失的，”婷婷低声坦白地告诉了李然，“我最后一次看到她，是她在卖片给一个英国佬的时候。她跟着那人进了地铁站，就没回来了。”

“你确定吗？你亲眼看到她？”

“是啊，”婷婷难过地低下头，“她还跟我说再见呢。”

“你看清那英国佬的长相了没？”李然问。

“看得一清二楚。他高高胖胖的，一脸肥肉。我盯着他看了好几次，因为他一直在跟阿贞说东说西的，不肯走。”

“你得去报案！”李然立刻觉得事态不对，“去报失踪人口，不然万一她出事了怎么办？”

婷婷知道，当时在场，见到阿贞离去的，还有另外一位福建来的女孩，但那女孩一句话也没说，没告诉大家她看见阿贞和戴瑞一同离去。她肯定是因为不敢去报案，才保持沉默。婷婷内心挣扎了很久，夜里睡不好觉，她很清楚在街头卖片的妇女有可能碰上的危险，但和那位福建女孩一样，她无法鼓起勇气去警局。没有身份的中国人是不敢报警的。

“我怎么知道进去就一定出得来？”她对李然说。

李然叹了口气。他知道这是最大的难题。借了钱来英国工作的每个中国人，最怕的就是被发现没身份。

“婷婷，我了解你的难处。但这恐怕是个不得不下的赌注。”

婷婷看着他，不禁泪流满面。“赌注？”她说。

“你不是也听说了一位卖片人在东伦敦底站那里被一群英国青年谋杀的事吗？”李然问她。

婷婷点点头。

“你想想，咱们卖片人的工作是多么危险！人身安全是多么没保障！给人打伤了，有谁来照料咱？被人抢了，有谁来为咱讨公道？不幸丧命了，有谁会为咱掉泪？所以我们要互相照应，你说对吗？”

婷婷又点头。

“你也是为人母亲，”李然说，“阿贞家里的两个孩子，都不知道自己父亲在坐牢。现在母亲又失踪！你想想……”

婷婷听了泪水又不听使唤地落下。她想着阿贞的儿子和自己现已十岁的女儿。为什么老天要给她这样的难题？难道自己在英国的遭遇还不够痛苦吗？难道自己的付出和牺牲还不够吗？

她又记起阿贞那活泼开朗的模样。她每天出来卖片，总爱戴着那顶从家里带来的白色草帽，说是遮太阳。下雨的时候，她连一把伞都没有，仍戴着那顶白帽遮雨。她想起阿贞劝说顾客买片的眼神——那藏在白帽底下，充满焦虑却天真的双眸。婷婷内心的愧疚，让她忆起伯明翰的那份保姆工作，她当时作为一个受害者，也不敢去报案。一位受辱却无能抵抗、无力反击的女人！女人在外是多么不容易！她想着阿贞的种种可能处境……她究竟在何处？她会面临何种灾难？

婷婷的恐惧不安只有李然知道。李然对婷婷目睹阿贞和戴瑞进地铁站这回事完全保密，因为他很明白，大伙是不会让婷婷去报警的。虽然这栋房里的多数人是阿贞的亲戚和同村人，但他们都是借贷了数十万人民币，经由蛇头安排才来到英国的。对阿贞，他们非常关怀，也非常担忧她的安危，但他们同样面临被遣返的危险。自李然俩搬进来那天，阿贞的乡亲就经常谈到那些不幸被遣返的村民，回去后，身无分文的他们，却负债累累。

而就在婷婷内心痛苦万分之时，无人能想象到，阿贞已被分解的尸体，现在早已沉入泰晤士河。

在数日的百般挣扎后，婷婷决定去警局报案。她不是一个见死不救的人。她心中的罪恶感，终究克服了自己被遣送回国的恐惧。她想，如果每位为人父母心里考虑的仅仅是自己的儿女，如果每个人考虑的仅仅是自身利益，这会是多么丑陋的世界！她又怎知道，哪一天，灾难不会降临在她自己身上？那么那一天，又有谁会来解救她的家人？为了阿贞，为了良知，她必须去报案。

李然那天没去卖片，陪着婷婷步行到白教堂警局。在那里，他俩要求警方安排一位中文翻译。两个小时后，翻译来了，婷婷向警方透露了戴瑞与阿贞的买卖关系，她描述了戴瑞的长相以及事发当天阿贞与他的交涉。在提供笔录时，婷婷不得不透露自己的非法移民身份。为了减低被遣送回国的可能，她没把护照带在身上。“我的护照丢了。”她对警官说。

和她预期的一样，她立即被扣留在警局。警方表示有可能将她转送移民单位。虽然李然在过去数日里一直鼓励婷婷去报案，但现在他心急如焚，不知所措。此时，伦敦对他来说仍是个陌生地方，他要去何处寻求帮助呢？婷婷真会被遣送回国吗？李然不敢把事情告诉屋里的中国人，怕引起大家紧张。事实上，婷婷根本没有向警方透露自己的住处，她也不可能这么不谨慎。李然打电话四处向乡亲求救，打听寻找律师的渠道。他在华文报上看到几家华人协会的联系号码，但他发现他们根本帮不上忙。

每天一同卖片的何春看出了他的焦急。“什么事啊？这么慌张？打什么电话啊？”何春问。

李然私底下告诉了他一切，“我真不知怎么办。”

“你别急，咱都被抓进警局过，也没被遣送，不到最后关头，不能放弃！”何春拍拍李然的肩，然后从包里拿出一个小笔记本。“我这人没啥优点，但走到哪里，就都碰得到贵人！我就认识一位知名的华裔移民律师！”

“是吗？”李然激动地握住了他的双手。

“你别急！老兄！”何春笑着，翻着他的笔记本，找那律师的电话号码，“在这儿！我帮你打个电话给他，叫他帮婷婷！”

李然兴奋地看着何春拨电话，满脸感激。“这律师可是唐人街第一把交椅啊，他曾为不少中国人办成身份，”何春又说，“要把婷婷带出来是小事，顺便还可以托他办个身份！”

“是吗？”李然几乎不敢相信。

“我是没报过难民，不然我也可以找他帮忙做身份，”何春说，“我那些乡亲就是通过这律师在两个月前拿到了正式身份。他们可乐极了！”

第二天，果真，那律师的一通电话，婷婷就被保释了出来。而且，由于婷婷曾在失去伯明翰的工作后申请过难民身份，律师说她有资格申请目前正在推行的“五年遗案”。在英国劳动的中国人都知道，“五年遗案”是这几年来英国内政部为清理长年堆积下来的难民申请案件，而推动的一项计划。“在二〇〇三年后申请的庇护案件，还没有得到内政部结果的，都有可能得到难民身份，还有当时被拒的申请，也有获得重审的机会。”律师告诉婷婷，“照规定——虽不是明文规定——倘若申请人在英无犯罪记录，能证明与本地社会有某些长期的联系，就有机会获得难民身份和居留权。”

就这样，婷婷由于为阿贞报案，间接地得到了申请身份的机会，这是她从没有想到的。这事也自然在白教堂中国卖片人之间传开了。

屋里的中国人都万分羡慕。大伙都知道“五年遗案”这回事，但不是每个人都符合申请条件。许多人愿意碰运气，不符合申请条件，还花了大笔钱请律师，最后仍办不得身份。婷婷成了这屋里的特例，各方面都符合条件。大伙每天晚上工作回来，总爱问她申请进展如何。他们都觉得她很有希望获得身份。

接下来的一个月内，婷婷将自己的机会交给了这位华裔律师。在等待内政部的申请结果期间，律师要求她不要回到街上卖片。经由浙江老乡阿春的辗转介绍，婷婷寻得了一份成衣厂的工作。每天，她乘巴士到北伦敦和两百多位浙江同事一起，在一层破旧的二楼公寓里缝制廉价成衣。公寓里不通风，七月天特别闷热，大伙总汗流满面地在缝纫机前拼命干活。老板连个电风扇都不肯买。婷婷总对自己说，撑下去，这样的日子或许很快就会结束了。

月底，成衣厂的希腊籍老板突然说现金周转有问题，无法发工资。至此，婷婷对于拖欠工资早已有些经验。她和两位同事自愿代表厂内两百名工人，一块去老板办公室，要求他尽快付薪。

老板办公室在楼上，这层公寓空空荡荡，连地毯都卷在一旁，还没铺上，让人感觉好像来到了施工中的工地。她们走向里面的一个烟味弥漫的小房间，也就是老板办公室。老板一见她们三人就知道是什么事。他没请她们坐下，婷婷开门见山地说明工人需要他立即付薪。

“你们知道我为你们承担多少风险吗？”黑眉大眼的老板

皱起眉头，“你们都没身份，怎么要工资，要得那么急？”老板要求她们三位向工人转达公司意愿：一定会在下周付薪，而工作必须继续。

一周过去了，两周，半个月。老板摆明了没有支付工资的意图。婷婷和同事们都束手无策。罢工吗？“那等于辞职。”婷婷的同事说。

找律师去告老板吗？费用比工资还高。唯一可能的有效解决方法，是让工会代表工人，将老板告到工业法庭。但问题是，没有身份的工人们，根本不敢加入工会，甚至也不知道如何加入。

婷婷晚上回到白教堂的屋里，不断向大伙询问：拖欠工资怎么办？只能死等吗？

“我的一位乡亲，因为想学英语，跟一个慈善机构联系上了，他们认识工会的人。”何春说，“听说工会提供免费的英语课，我这乡亲就兴冲冲地去报名了。在那里，工会的成员鼓励他加入，说这是英国最大的工会，名叫团结工会。”

“是吗？”婷婷好奇地问，“我从没听过。”

“咱们中国人要不是通过介绍，一般都接触不到工会，因为根本没有渠道。这团结工会听说很欢迎中国人加入。但中国人太少，包括我那个老乡就十个人。一般中国人即使知道工会，也不敢加入，都是因为怕被华人老板发现。我那老乡就被拖欠工资，他跟我说，他那餐馆里就只有他一个工会会员，所以没办法影响整个餐馆的工作条件，只能做个案。他就请他的工会代表他，要告老板。那老板老奸巨猾，马上威胁他，说他没身份，要向移民单位举报他。我那老乡个性强得很，就是要告老板，结果告上了，老板最后不得不付了薪，但我那老乡在那餐馆也待不下去了。”

“是啊，你要碰到那种老板，只能自认倒霉！”同屋的一位福建人说，“我们以前在工地干活，就被拖欠工资上千镑。被欠工资，还走不了，因为那工作是包吃包住的，我们要离职，就没地方住了！所以我们一伙人只好等着，一等就是四个月啊！四个月没工钱，你想想，那是什么滋味！”

此时，“五年遗案”计划正导致数百名无证的中国移民在一夜之间得到合法身份。他们成为十几万名无证中国劳工的羡慕对象。在接下来的一个月内，婷婷也成为这些幸运的少数人之一。那天律师来电话通知她，她顿时觉得一切都不同了，生活似乎被给予了新的意义。一放下电话，屋里的中国人都围着她，羡慕地询问她申请的过程。每个人想知道的是，从今起，她将如何计划未来？

是的，未来。这里每个人都有对未来的梦想和憧憬。婷婷深刻地领悟到国界和身份对个人的未来代表了什么。

“这就好像长久窒息后呼吸到新鲜空气一样，”她对李然说，“就好像打开了一扇久闭的窗……”

“应该就像十年牢狱生活后获得自由一样，”李然有感而言，“我还在想象那自由是啥滋味呢。”

得到了正式的移民身份，婷婷终于能从地下经济里走出来，抬起头来，享有基本权利，开始计划未来。自然地，她立即离开了成衣厂。但她没有忘记厂里同事，她主动代表大家，去和老板交涉，讨回工资。她说，现在她有了身份，如果老板仍不付薪，她会去举报公司。两天内，老板不得不硬着头皮，付了工资。婷婷突然感觉，有了身份，一切都是可能的，讨回公道不再是个梦想。

同时，她在牛津街上的一家中式快餐店找到了一份服务员的工作。她不再需要做最低薪的厨房打杂工作。现在，她是大街餐馆里的“楼面”了，虽然同事喊她“哑巴楼面”，因为她不会说英语。但无论如何，现在，她总算可以要求英国基本工资了！她终于能和本地同事一样，享有同等的工作条件。

婷婷希望能和李然一起在英奋斗，希望能把她的孩子接来，一同开创新生活。她希望能帮助李然实现他的愿望：开设一家天津餐馆，拥有自己的事业。她想起李然曾说，他想要设计一套自己的菜谱，和英国粤菜不同的菜谱。他说，他想要改变英国人的味觉。

像往常一样，婷婷走在白教堂的大街上，这为许多人带来劳动机会的大街。而这是头一次，她能感受到阳光普照，自己像是等待滋润的小花小草，充满感激。是啊！现在，她已能远离那地下世界！那摧残人心的地下世界！现在，她终于能清清楚楚地看见前方隧道尽头的光亮，而她多么希望能将李然带离那个地下世界！

然而，自尊心强的李然仍继续在白教堂街头卖片，日复一日。虽然挣得比婷婷少，但那是自己的劳动。他对婷婷说，他要以自己的双手实现他的梦想。婷婷虽得到了身份，却不愿搬离白教堂的住处。她无法离开一同奋斗这么久的李然。她不肯放弃那住了八个人的房里属于她的那个睡铺。“以后怎么走，咱们一块计划。”她对旁边睡铺上的李然说。

自婷婷去警局报案后，戴瑞就立即成为嫌疑犯。一天，卖片的几位福建人从警局的一名翻译那里得知，警方已破案：阿贞于两个月前被戴瑞谋杀，她的尸体早已被他丢进泰晤士河。噩耗传来，阿贞的乡亲和村友都悲愤万分，他们从没想到，像阿贞这样靠双手养家的母亲，会在异乡有这般凄惨的结局。没有人愿意将这噩耗传回国内，在商讨之后，他们决定不向她的儿子透露这一切。她的噩耗将是永远的秘密。

中国人在白教堂的街头工作持续了下去，他们无路可走。数周后，没有人再提起阿贞，也不愿提起。好像他们不愿让阿贞的死亡绊住他们，延缓他们讨生活的步伐。

而有一天，李然没有回家。这是婷婷认识李然两年多来他第一次没回家。她突然有一种恐惧感。她向何春询问，得知李然那天根本没和他一起在白教堂街上卖片。婷婷等待了数日，李然仍音讯全无。

其实那天，李然一早就出去卖片了。在到达“盲乞丐”酒吧之前，不巧碰到两位警官突检，被拦了下来，发现了他满袋的盗版光盘。李然立即被逮捕，送进了警局，隔天就被转送进了多佛遣返中心。

在多佛，也就是二〇〇〇年五十八位中国移民闷死于货柜车中的那个港口，一座小桥和高大的铁门将里面上百名被拘留者与世隔绝。过桥时，李然可以闻到海水的味道。这是他第一次看到英吉利海峡。深蓝的大海，就在戒备森严的遣返中心旁，它好像是触及不到的自由一样。

李然对移民官说，外出打工，是要给自己生存的希望。在这遣返中心里，有多少移民已放弃了希望。那晚，一位蒙古籍移民不堪希望破灭的痛苦，在将被遣返回国的前一夜里，上吊自尽。那晚，李然为那名素不相识的蒙古人掉了眼泪，同时心中默默悼念着国华、许华和小玲。

婷婷得知了李然下落，立即请了假，去多佛探访他。她带着许多食品，但都在大门口被工作人员拦下。“你什么也不能带进去！”搜身后，她被领到会客室，在那里等李然。李然被安全人员像罪犯一样地领进了会客室。见了婷婷，他像见了亲人一样，激动地泪流满面。“你好吗？”他上前拥住了婷婷。

婷婷说不出话来，紧握着李然的手。才几天，他似乎消瘦不少。他俩坐下，李然从口袋里掏出一条巧克力，“来，这是给你的。咱这儿没有别的，就只有巧克力。”

“你在这里钱够用吗？”婷婷担心地问。

“在这里面，就算你有钱，也没处花啊！我还好，每天打点零工，挣点钱，也不能让自己闲着！我们这些打工人，闲不下来。”

“在这里面也有活可干？”

“那可不！我们这里面二十多位中国人，每天都有活干，做饭、清洁，可忙呢！”

“没想到你在外头打不了工，进来这里倒做起全职工了！”婷婷摇头叹息。

“是啊，多么讽刺的事啊！英国政府不让咱打工，但抓进了遣返中心，倒是天天有活干！”

“他们每周给你多少钱？”

“唉，这劳动可以说跟做义工没啥不同！一周不过十镑钱。”

“十镑钱？你够用吗？”

“在这里面咱不需要花钱买吃的，虽然食物粗糙，但能吃饱，周末还吃得到一条小香肠。这每周十镑，我都慢慢存下来，准备让你寄给我爸。”

“你放心，我一定给你父亲捎钱去。我会给他打电话的。”

“但千万别跟他说我被抓进来的事。”李然交代。

“唉，但这怎瞒得了呢？工资这么少，难道他不会纳闷吗？这事瞒不了多久的。更何况，你也不知会在这里面待多久……”婷停又叹了口气。

“是啊，现在律师为我申请保释，刚被拒绝，也没有律师能把我的案子提到欧洲高等法院去。”

“为什么不可能？”

“因为没有律师相信我能胜诉。我这个非法移民，怎能和一个国家对抗呢？”

“那现在下一步呢？怎么办？”婷婷越听越心急。

“就在这里面等着吧，”李然无奈地说，“他们在跟我做持久战，想耗竭我的精力，在精神上迫使我投降、放弃，让我报出真实姓名，真实籍贯，真实住处，这样他们就能把我送回去了！他们想尽了办法要套我的话，想让我说出我的一切……”

“你说了什么？”

“我可不傻，我就照我对移民单位说过的话，再说一遍！你知道，我还不能回去，家里的债款还没还完啊！”李然禁不住苦笑起来。婷婷紧握着他的手，感受他的痛苦，忍不住泪珠子一颗颗掉在自己手上。

“你当然不能回去，”婷婷轻声说，“我们还有好多事要做，好多梦想等着去实现。”而婷婷很明白，英方释放他的机会渺小。李然的拘留，不知期限。

婷婷无期地等待着李然重获自由。她回想过去几年来贡献劳力的日子。英国这个鬼地方，竟也已逐渐成为他们的家。

她翻阅着李然这几年来的笔记，就在他被逮捕的前一晚，他曾这么写着：

伦敦虽然是阴雨连天，但却总也会雨过天晴……

婷婷不禁掉泪，她再读下去：

在找工、找房、被骗、被帮助、失败、成功的循环往复中，我慢慢地了解了英国的风土人情，学会了生存技能和处世本领……不论你是哪色人种，只要你付出汗水，就终能得到精神和物质上的回报。来英已有几个年头，现在竟然喜欢上英国的雨和那变化无常的天气。